I0651042

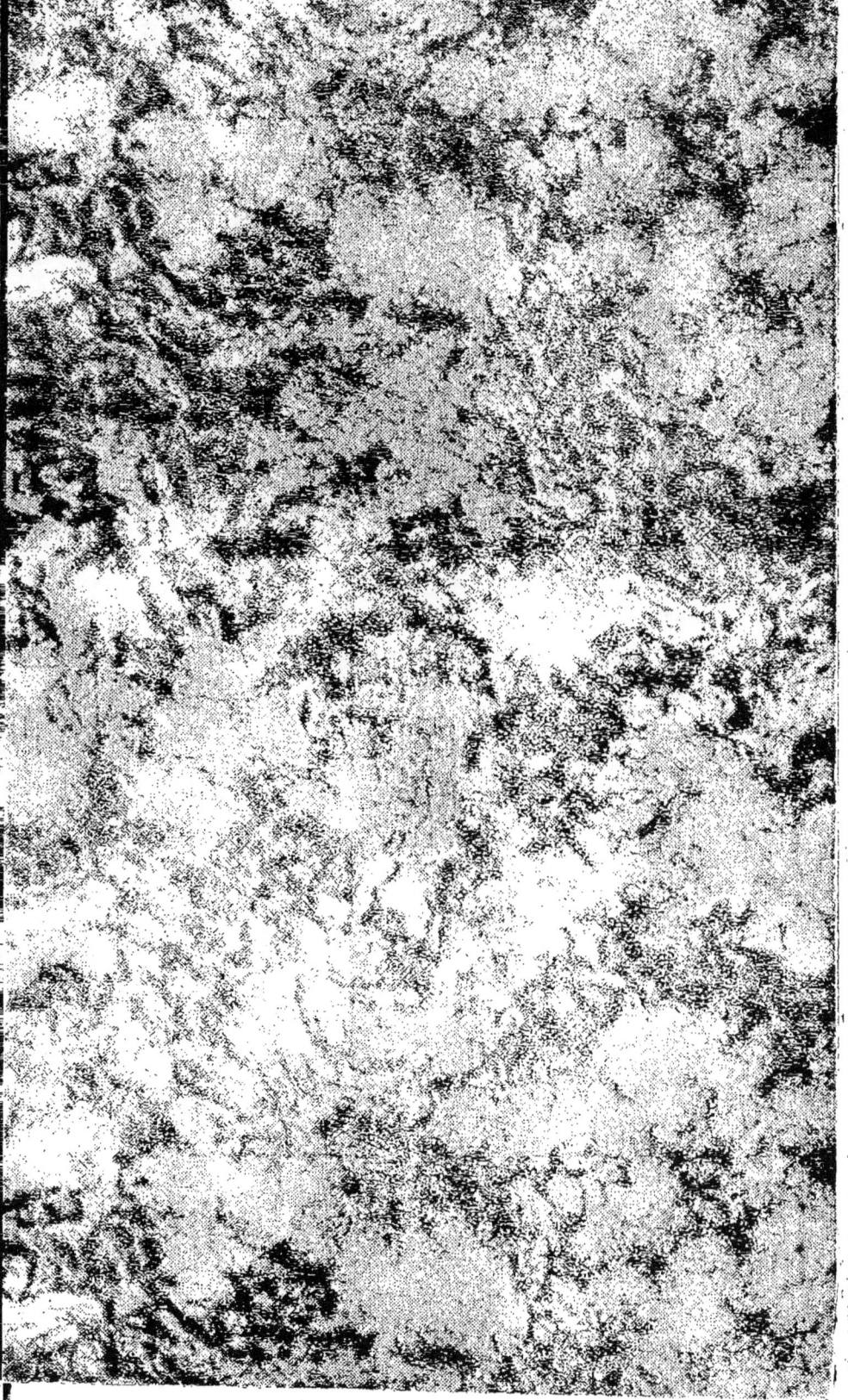

A. J.

BIBLIOTHEQUE ROSE ILLUSTRÉE

LA
MAISON BLANCHE

PAR

MME DE STOLZ

OUVRAGE ILLUSTRÉ DE 36 VIGNETTES

PAR TOFANI

PARIS

LIBRAIRIE HACHETTE ET Cie

79, BOULEVARD SAINT GERMAIN, 79

PRIX : 2 FRANCS 25

LA

MAISON BLANCHE

9073. — Imprimerie A. Lahure, 9, rue de Fleurus, à Paris.

LA
MAISON BLANCHE

PAR

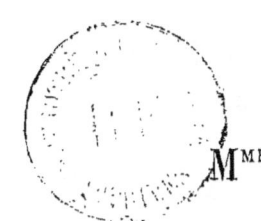

MME DE STOLZ

OUVRAGE ILLUSTRÉ DE 36 VIGNETTES

PAR TOFANI

PARIS

LIBRAIRIE HACHETTE ET Cie

79, BOULEVARD SAINT-GERMAIN, 79

1884

LA
MAISON BLANCHE

I

Le feu à la maison

On allait et venait dans le somptueux appartement de Mme de Langrune, et cette agitation
exprimait la plus vive inquiétude. Qu'allait-il se
passer? Qu'allait-on devenir? Comment se ter-
minerait cette terrible journée? C'était à la fin de
la Commune de 1871, alors que l'armée de la

France luttait contre ces phalanges égarées, qu'on appelait improprement Paris.

Mme de Langrune aurait pu, comme tant d'autres, quitter tout d'abord le foyer de l'insurrection, et se réfugier dans une belle habitation qu'elle possédait à huit lieues de la capitale; mais son mari étant obligé, par honneur, de veiller sur une caisse dont l'administration lui était confiée, elle avait choisi, elle aussi, de rester à son poste.

On se battait dans Paris de tous côtés, et la lutte durait déjà depuis trois jours. La mère de famille, seule à la tête de sa maison, puisque M. de Langrune n'avait pu revenir chez lui, devait maintenant prendre elle-même le parti qui lui semblerait le plus sage; elle était justement effrayée de cette responsabilité.

Ses deux enfants, Alfred et Marie, étaient loin de sentir la gravité de la situation. Eux seuls conservaient un peu d'entrain, au milieu de ce personnel, plus ou moins ému, qui s'agitait en se demandant : « Comment cela finira-t-il? »

Alfred avait treize ans et Marie deux ans de moins. Dans les instants où la fusillade semblait s'éloigner, le frère et la sœur devenaient très braves. Le canon qui grondait au loin les inquiétait fort peu; ils comprenaient à peine le danger de tous; mais si un seul coup de fusil venait à être tiré dans une des rues adjacentes à celle qu'ils habitaient, Marie courait se jeter dans les bras de sa mère et disait en pleurant :

« Maman, ils vont nous tuer! »

Alfred se répétait tant qu'il pouvait qu'un homme ne doit pas avoir peur, comme les femmes; mais pour tout dire, quand le bruit se rapprochait, il avait peur tout de même.

La vieille Françoise, qui avait élevé les deux enfants et les aimait profondément, s'efforçait de les rassurer dans les moments de trouble, et réussissait assez, car ils avaient fini par faire une partie de loto interminable, qui leur laissait à peu près oublier le combat. Mais elle, la vieille Françoise, avait trop d'expérience et trop de bon sens pour ne pas être inquiète.

Tout à coup, elle entra dans le salon et vint dire quelques mots tout bas, à l'oreille de Mme de Langrune. Celle-ci devint pâle et se levant, elle entraîna la vieille bonne dans la pièce voisine. Là, on ouvrit une fenêtre, on se pencha, et l'on vit une colonne de fumée, puis des flammes qui montaient menaçantes, léchant les murs de la maison contiguë. Des cris affreux se faisaient entendre ; les habitants éperdus s'élançaient hors de leur demeure ; c'était une terreur sans pareille et des lueurs blafardes éclairaient ces fronts que la peur rendait livides.

Mme de Langrune referma la fenêtre et dit à Françoise :

« Le feu va nous gagner ; il faut réunir ce que nous avons de plus précieux et partir.

— Mais, ma chère dame, où aller ?

— Chez ma sœur, Mme de Tilly ; elle est absente, mais un domestique est resté pour garder la maison, il nous ouvrira. Hâtons-nous, Françoise, et bon courage !

— Madame, je n'en manquerai pas tant que je serai avec les enfants ; mais par où donc sortir du faubourg Saint-Germain pour gagner le Jardin des plantes ? On se bat de tous les côtés.

— Nous ferons comme nous pourrons.

— Quine ! cria de toutes ses forces Alfred, enchanté d'avoir gagné sa sœur.

— Encore une partie ? demanda Marie, cela m'amuse tant !

— Mes petits enfants, dit Mme de Langrune, il n'est plus temps de jouer ; il faut aller avec moi chez votre tante, parce que la maison où nous sommes court quelque danger. »

Le loto fut bien vite abandonné, et malgré le sang-froid de leur mère, les enfants comprirent que les choses devenaient très graves. L'étonnement les rendit muets ; mais la cuisinière, arrivant comme un tourbillon, jeta ces mots terribles :

« Madame, les persiennes du premier sont enduites de pétrole ; le feu est à la maison, nous sommes perdus ! »

Alfred et Marie regardèrent avec effroi leur mère.

« Nous ne sommes pas perdus, Jeannette, dit-elle, avec un air d'autorité qui rassura aussitôt ses enfants. Vous allez venir avec nous, et Joseph aussi ; nous tâcherons d'arriver chez ma sœur.

— Ah ! madame, quel malheur ! Nous allons tous griller ! Ça, c'est sûr !

— Nous ne grillerons pas le moins du monde. Point de cris, point de larmes, cela n'avancerait à rien. Montez dans votre chambre ; prenez votre montre, votre argent, et descendez tout de suite.

— Ah ! ma foi non, je ne monterai pas ! J'ai bien trop peur !

— Que votre mari monte, et qu'il se hâte de revenir ; nous partirons tous ensemble ; et si nous nous trouvons séparés en route, nous saurons que le rendez-vous est chez Mme de Tilly, rue Lacépède. »

Joseph, le valet de chambre, vint à son tour, fort troublé, car il avait vu de plus près encore le danger, et fort impatienté par la bruyante inertie de sa femme, que la frayeur paralysait absolument.

La maîtresse de maison lui renouvela ses ordres, et, gravissant en un instant quatre étages, il redescendit aussitôt, prêt à suivre Mme de Langrune dans sa course périlleuse ; mais de tous ces embarras, Jeannette était le plus gros ; elle n'entendait plus la voix de la raison et criait :

« Partez tous! Je ne vous suivrai pas. Aller se faire tuer au coin de la rue!

— Mais, disait le mari, du ton le plus autoritaire, tu ne peux pas rester dans une maison qui brûle?

— Certainement non, je n'y resterai pas.

— Alors, viens avec moi, et suivons madame.

— Ah ben oui! pour qu'on me tue en sortant de la porte cochère!

— Mais tu sais bien que les *Versaillais* ont déjà repris notre rue. Ne les vois-tu pas sur les trottoirs ?

— Tiens! J'ai aussi peur des *Versaillais* que des autres. Pour moi, tous ceux qui ont des fusils sont des gueux.

— Tu es donc folle, voyons?

— Je crois que je le deviens. Aussi on n'a pas d'idée d'une chose pareille! Vous tirer des coups de fusil, et puis mettre le feu à la maison? »

La peur expansive de Jeannette était si gênante, en un pareil moment, que Joseph en perdait la tête. Quant aux enfants, ce petit drame les occupait et les distrayait de leur frayeur. Mme de Langrune, sans s'arrêter à discuter le programme, dit simplement à Joseph :

« Vous la prendrez par le bras et vous l'entraînerez de force, car si elle reste ici, elle est perdue. »

En même temps, la mère de famille ouvrait armoires et secrétaires, sauvant tout ce qu'elle pouvait, remplissant ses poches de titres de rente, mettant son écrin dans son sac de voyage, et confiant à Françoise, et même à ses enfants, quelques miniatures de famille, de l'argenterie, tout ce qui pouvait échapper à la ruine certaine qu'allait causer l'incendie.

Elle aurait volontiers demandé à Joseph, dont l'honnêteté lui était connue, de se charger d'objets précieux; mais l'état violent de sa femme exigeait toute son attention, et Mme de Langrune, prévoyant les scènes successives qu'elle ferait le long du voyage, dit au valet de chambre :

« Ne vous occupez que d'elle; vous aurez assez à faire! D'ailleurs, dans une semblable fuite, il est plus dangereux d'être en nombre, et l'on est dans l'impossibilité de se rendre service les uns aux autres. »

Quand on eut rempli en toute hâte ses poches et ses sacs, on partit, Mme de Langrune en tête. Elle donnait la main à Marie; Françoise était à côté d'elle, et Alfred marchait silencieux entre sa mère et la vieille bonne, apprenant des deux à dominer, par la force de la volonté, une situation très difficile.

Derrière eux venait la grosse Jeannette, littéralement traînée par son mari dont la figure atterrée semblait dire :

« Diable de position! Le feu, la bataille et ma femme! »

Quand on fut sorti de la maison, on put mieux se rendre compte du péril. Les pierres de taille devaient résister, mais les escaliers, les cloisons, les planchers, tout allait s'effondrer ou se consumer. Peu de secours possibles. Les uns étaient au combat, les autres confinés dans leurs demeures. La désorganisation était au comble; et le feu, cet agent destructeur et envahissant, se trouvait presque maître du terrain. D'un coup d'œil, Mme de Langrune jugea que le passage serait à peu près impossible; il fallait le tenter pourtant, et s'en remettre à la Providence du soin des incidents.

Des femmes éplorées avaient déjà essayé de traverser les rues voisines, et revenaient sur leurs pas, également repoussées par la troupe, et par ceux qui s'intitulaient *les Fédérés*.

« On ne veut pas nous laisser passer, disaient-elles; à droite, à gauche, le danger est partout! »

Mme de Langrune demeura un moment indécise; néanmoins, voyant que la rue de Lille où se trouvait sa maison, était sérieusement menacée, elle ne crut pas devoir s'en rapporter à ces femmes découragées, et entreprit de longer la rue des Saints-Pères.

Marie serrait de toutes ses forces la main de sa mère, car la pauvre enfant n'avait jamais été un seul jour en péril, et l'effroi général la frappait de stupeur. On les laissa s'avancer jusqu'à la distance d'une centaine de pas, dans la rue presque déserte; mais bientôt, les soldats leur firent signe de se retirer, et un officier dit positivement à la mère de famille qu'il fallait entrer n'importe où et les laisser libres, d'autant qu'on n'était pas assez sûr de la position pour qu'elle et ses enfants ne courussent pas les plus grands dangers.

Il fallait obéir. Mme de Langrune ne s'étonna point de cette halte, elle s'était attendue à tous les contre-temps possibles. Elle frappa donc à la première porte venue; une femme, à la troisième sommation, entr'ouvrit à peine cette porte, et demanda ce qu'on voulait.

« Laissez-nous entrer s'il vous plaît; nous nous sauvons parce que notre maison brûle et l'on nous défend d'avancer. »

La vieille concierge, que la frayeur rendait égoïste, répondit aigrement :

« Dame, ce n'est pas ici une maison de refuge; il n'y a pas de place, excepté sous la remise, où il y a déjà trois personnes.

— Ne nous refusez pas; nous sommes bien embarrassés! »

La bonne femme, sans se dérider, laissa Mme de Langrune pousser la porte et entrer

avec ses enfants et Françoise. Quant à Joseph,
occupé à tirer sa femme pour la faire avancer
tant soit peu, on le vit s'arrêter devant les
mêmes obstacles et chercher un abri quelconque. C'était fini, on se trouvait séparés, et
il n'y avait pas à espérer qu'on se retrouvât
avant d'avoir pu arriver, chacun de son côté,
chez Mme de Tilly.

Mme de Langrune, pendant que la vieille
concierge rentrait brusquement dans sa loge,
avisait la remise et traversait la cour pour
s'y rendre. Cet abri était aussi incommode que
possible. Une charrette, privée d'une de ses
roues, y attendait le charron, en compagnie de
quelques bottes de paille; un pauvre commissionnaire auvergnat s'était assis sur une de ces
bottes, et deux marchandes de poisson, surprises au moment où elles allaient ensemble, la
hotte sur le dos, offrir à chacun la marchandise,
étaient là aussi. Les pauvres femmes se rési-
gnaient à attendre la fin de la tourmente; mais
leurs poissons avaient répandu sous la remise
une odeur des moins fines, et les nouveaux
arrivants en furent au premier abord suffoqués.

Dans de pareils moments, on s'arrange de
tout. Françoise délia une botte de paille, la

seule disponible, et en fit une espèce de tapis
sur lequel on put s'asseoir, en tenant bien juste
sa place. Alfred et Marie se trouvaient relativement heureux, parce que, du moins, ils n'étaient
plus dans la rue. Et puis, l'Auvergnat avait noyé
dans le vin ses inquiétudes, et, de dessus sa
botte de paille, il lançait à tout instant des ora-
cles dans sa langue de charabia. Cela faisait
sourire Alfred qui regardait la remise comme
une rencontre assez singulière.

Françoise ne prenait pas son parti de voir sa
maîtresse et les enfants en telle compagnie, et
elle eût donné beaucoup pour s'en aller de là.
Il fallut pourtant rester dans cet abri rustique
et empesté pendant deux longues heures; après
quoi, le calme s'étant affirmé aux alentours de
la maison, Mme de Langrune voulut faire une
nouvelle tentative. En passant devant la loge de
la rude concierge, elle déposa sans mot dire
une pièce de cinq francs sur la table et se retira.

Cette fois, on ne s'opposa plus à ses courageux
efforts; elle avançait d'un pas hardi, avec une
promptitude nerveuse qui étonnait les vieilles
jambes de Françoise.

Arrivée au bout de la rue des Saints-Pères, elle
tourne à gauche, épouvantée du bruit et des

cris qu'elle entend. Qu'aperçoit-elle? Le carrefour de la Croix-Rouge en feu! On va, on vient, on fuit, on craint pour soi, pour les siens; on ne sait que faire.

Impossible de continuer cette course pénible et dangereuse. Ici, le feu; là, les balles; partout la mort probable. Et quelle mort! Marie a vu de loin un jeune garde national frappé d'un coup de feu. Il a jeté un triste et long regard sur toutes ces maisons aux persiennes fermées, et ne voyant que l'abandon, il s'est laissé glisser le long du mur, sans avoir personne à qui donner sa dernière pensée.

« Maman! maman! Ce pauvre homme! On ne viendra donc pas à son secours?

— Hélas! mon enfant, que pouvons-nous faire pour lui! répondit Mme de Langrune, depuis un moment horriblement inquiète. »

L'obstacle était partout. Les flammes, les cris, le sang; c'était la guerre dans toute son horreur, la guerre resserrée entre deux rangées de maisons à cinq étages. Et cette guerre engendrait de justes défiances. On ne savait à qui l'on s'adressait. Ami ou ennemi? Tous parlaient, hélas! la même langue; tous étaient Français. Une balle était tout à coup lancée du haut d'un toit par un bras invisible; on marchait entre la peur et la trahison.

Mme de Langrune rapprochait d'elle sa pauvre petite Marie, qui tremblait et pleurait, car elle voyait encore, dans ce désastre, ce pauvre blessé, étendu sur un trottoir, et rendant au milieu de l'abandon le plus complet son dernier soupir.

Françoise regardait sa maîtresse avec une profonde inquiétude. Quel parti prendre? Toutes deux étaient troublées et commençaient à chanceler, bien qu'elles affectassent de ne point désespérer de la situation, pour ne pas décourager les enfants.

Le regard ému de la pauvre mère cherchait d'où viendrait le secours que la Providence lui préparait dans sa détresse.

On était devant la porte étroite et basse d'une maison de pauvre apparence. Cette porte s'entr'ouvre et une femme de quarante et quelques années jette sur Mme de Langrune des yeux compatissants. Elle est frappée de ces visages blêmes, de ces attitudes consternées.

« Madame, dit-elle, de ce ton plein de bonté que donne la vraie charité, vous êtes dans un grand embarras?

— Nous ne savons plus où aller!

Cette porte s'entr'ouvr

— Madame, nous avons bien peu de chose; mais ce peu, nous le partagerons bien volontiers avec vous.

— Ah! que Dieu vous le rende! s'écria Mme de Langrune, en franchissant la première ce seuil hospitalier. »

Marie la suivit, puis Alfred et Françoise. La porte basse se referma, et l'on se trouva dans une longue allée obscure, où l'on ne pouvait marcher qu'en suivant pas à pas la femme généreuse dont le regard ne s'était pas détourné du malheur.

« N'ayez pas peur, disait-elle, donnez-moi seulement la main, madame; il n'y a pas de marches; avancez toujours ».

Personne ne disait mot; on étendait les bras pour toucher les murs, et les ténèbres pesaient de tout leur poids sur ces esprits fatigués. On arriva enfin au pied d'un escalier fort étroit et assez sombre; on monta un étage, et l'on entra dans le petit logement de Mme Berthuis.

II

Les braves gens

Mme Berthuis ouvrit la porte.

« Entrez, madame, dit-elle, vous allez vous trouver bien à l'étroit; mais dans la position où l'on est, on se contente de tout!

— Et l'on est bien reconnaissant, répondit Mme de Laugrune, envers ceux qui vous offrent avec tant de bienveillance l'hospitalité. »

Aussitôt qu'Alfred et Marie furent entrés, leurs regards furent frappés de deux choses : l'exiguïté de cette demeure et son excessive propreté. Il était évident qu'on était chez des gens pauvres, mais soigneux, ordonnés, et se faisant honneur du peu qu'ils possédaient. Françoise, qui ne manquait pas de finesse, jugea d'un coup d'œil toute la famille. « Ce sont de braves gens, pensa-t-elle, nous sommes chez du bon monde. »

Mme Berthuis avança l'unique fauteuil de paille et l'offrit à Mme de Langrune avec politesse ; elle présenta plus familièrement une chaise à Françoise, et se tournant vers Alfred et Marie, elle leur dit, avec le ton simple et calme qui lui était particulier :

« Mais c'est que moi aussi, j'ai deux enfants : un garçon et une demoiselle ; et encore ils sont du même âge que ce petit monsieur et sa sœur.

— Ne sont-ils donc pas avec vous ? demanda Mme de Langrune.

— Ils sont avec moi, grâce à Dieu ; mais, ma chère dame, vous savez ce que c'est que les enfants ? Quand ils ont entendu monter du beau monde, ils se sont sauvés dans l'autre chambre. Je m'en vais les appeler. »

Mme Berthuis ouvrit une porte et dit :

« Allons, venez dire bonjour, on ne se cache pas comme ça dans les coins. Popol, viens tout de suite saluer cette dame et la compagnie ; Titine suivra ton exemple. »

Léopold et Ernestine devinrent très rouges,

et néanmoins prirent leur parti, car ils ne pouvaient rester en dehors de ce qui se passait.
Aussi bien, la curiosité luttait en eux contre la
timidité.

Instinctivement, Léopold alla vers Alfred, et
Ernestine vers Marie.

« Ce n'est pas comme ça, dit Mme Berthuis,
on va d'abord à la dame, et l'on fait un
salut. »

Les enfants obéirent gauchement, mais avec
l'intention d'être polis; puis ils regardèrent
Françoise, qui leur parut bien moins intimidante,
et la saluèrent aussi.

Mme de Langrune les attira avec bonté et les
baisa au front. Ils la trouvèrent aimable et commencèrent à n'être plus aussi gênés. Mais de
paroles, point. L'étrangeté de la situation les
rendait muets.

Cependant, les événements offraient un sujet
de conversation. Mme de Langrune dit quelques
mots pour mettre en train, et deux minutes
après, les quatre enfants causaient, s'adressant
mutuellement cette question dont la réponse
était connue d'avance.

« Vous avez dû avoir bien peur? »

Pendant qu'on faisait connaissance, la bonne

Françoise, toujours discrète en présence de ses maîtres, faisait l'inventaire de la chambre où l'on se trouvait et qui était la pièce principale. Tout y était à sa place et tout attestait l'ordre et l'économie.

Sur la cheminée, au-dessus d'un miroir, on voyait le bouquet de fleurs d'oranger que Mme Berthuis avait porté joyeusement le jour de son mariage. Il avait été encadré fort joliment, dès le premier mois de son union avec le brave Berthuis; c'était le témoin de cet heureux temps où tout est espérance, et le souvenir d'une bonne affection qui ne s'était jamais démentie, parce qu'elle était fondée, de part et d'autre, sur une parfaite estime.

A droite et à gauche du bouquet d'oranger, surmontant le miroir, il y avait deux jolis flambeaux, qui ne servaient jamais, et deux belles tasses rouges avec leurs soucoupes. C'était le côté du luxe; une commode en noyer, une armoire du même bois, et un lit, recouvert d'un couvre-pied très propre, mais passé, voilà ce qui, avec le fauteuil de paille et les quatre chaises, composait tout l'ameublement de cette chambre. Françoise remarqua que rien ne traînait sur les meubles, et qu'on avait eu soin d'étendre un rideau sur les vêtements qui étaient suspendus au porte-manteau.

Comme on ne pouvait encore parler d'autre chose que de la situation générale, Mme Berthuis, tout à ses hôtes, dit en se dirigeant vers un petit buffet, placé dans la seconde pièce :

« Après avoir couru tant de dangers, on doit avoir besoin de boire quelque chose? je m'en vais vous offrir un peu d'eau sucrée; je voudrais pouvoir y mettre une petite cuillerée d'eau de fleurs d'oranger, mais nous n'en avons pas. »

Mme de Langrune remercia gracieusement, tout en acceptant l'eau sucrée, car elle eût craint de blesser cet excellent cœur.

« Titine, aide-moi, apporte le sucre; il y en a encore un peu au fond du sac. Mets-le dans le sucrier, et pose-le sur la table. Je vais prendre de l'eau dans la fontaine. »

Quatre verres, soigneusement rincés, furent apportés par Titine, et l'on se rapprocha de la table. Après avoir bu, chacun se sentit plus à l'aise, parce qu'on avait partagé quelque chose de la maison. Alors se trouvant, par le fait, hors de tout péril imminent, on commença à parler d'autre chose que du combat et des incendies.

Mme de Langrune avait le cœur plein d'inquiétudes et l'esprit rempli de soucis; néanmoins,
elle sut montrer beaucoup d'intérêt à la famille
qui lui avait rendu un si grand service.

« N'avez-vous que ces deux enfants? demanda-
t-elle.

— Madame, j'avais ma fille aînée, une bien
bonne enfant, bien sage, qui commençait à
gagner ses vingt sous par jour. Hélas! elle m'a
été enlevée l'année dernière, par une maladie
de poitrine! ma pauvre Adèle!

— Que je vous plains! Je n'ai point connu
cette douleur, grâce à Dieu! Mais ce doit être
affreux?

— Ah! madame! élever, ce n'est rien; perdre.
c'est plus fort!

— Je le crois. Votre fils paraît être d'une bien
forte santé?

— Oui, madame, c'est le seul; car nous ne
sommes pas forts, ni les uns ni les autres. Titine
est la plus faible; elle tient de son père. Je fais
ce que je peux pour la fortifier; mais je n'y
arrive pas. Le médecin me dit toujours : Ce ne
sont pas des drogues qu'il faudrait à cette enfant-
là; c'est le grand air, la campagne.... Tout cela
est bon à dire; mais où la chèvre est attachée,

elle broute. Nous sommes enfermés dans ce grand Paris, il faut y rester.

— Que fait votre mari?

— Il est employé dans un magasin, il fait les nettoyages, les courses, tout ce qu'il y a de fatigant, et il garde la boutique la nuit, à tour de rôle avec les camarades. Dans cette bagarre, ils y sont restés tous, voilà pourquoi nous sommes séparés, c'est bien pénible dans un pareil moment.

— Assurément, je le sais par moi-même, car mon mari a été aussi retenu par ses affaires.

— Voyez un peu comme nous nous ressemblons! dit naïvement Mme Berthuis; deux enfants, un garçon et une demoiselle, et puis le père qui n'est pas là! Ah!..... pauvre Berthuis! Quand il me reviendra, il sera bien fatigué; du reste, il l'est toujours. Il a plus de courage que de santé. Il travaille plus que ses forces ne le lui permettent.

— Du moins, sa peine est-elle bien rétribuée?

— Pas trop; mais que voulez-vous? Quand on a une place, on la garde. Enfin, rien ne nous manque, au bout du compte; et nous sommes trop heureux en comparaison de tant d'autres! Et puis, quand on s'entend bien en ménage, on

aurait tort de se plaindre. Un homme qui ne se
dérange jamais, qui ne boit pas, qui met son
bonheur à faire un bon petit dîner, le dimanche,
avec sa femme et ses enfants.

— Allons, je vois que vous avez un bon mari.

— Ah! madame! Jamais un mot plus haut que
l'autre! Nous ne sommes pas riches, mais nous
avons la paix. Nos enfants vont à l'école et
savent bien leurs leçons. Ils nous reviennent
souvent avec des croix d'honneur, des rubans.
La petite a eu, l'année dernière, un prix de
couture.

— Vous avez de bons enfants; vous êtes,
comme moi, une heureuse mère.

— Oui, si l'on perdait la mémoire; mais ma
grande!... Ah! madame, si vous l'aviez connue!
Tenez, voilà son livre de messe, il n'y a que moi
qui m'en serve; je n'en veux pas avoir d'autre
pendant toute ma vie! »

Les yeux de Mme Berthuis étaient humides,
son cœur se serrait au souvenir de sa fille, et
la gravité de cette physionomie calme s'impré-
gnait de tristesse, mais de cette tristesse douce,
qui est plutôt une consolation qu'une peine.

Pendant que les deux mères causaient, les
enfants échangeaient quelques mots. Léopold

et Ernestine étaient encore intimidés, ce que voyant, leur mère dit :

« Allons, montrez votre chambre à ce petit monsieur et à cette petite demoiselle; elle n'est pas bien belle, mais ça ne fait rien. Il ne faut pas rester comme ça assis sur vos chaises; remuez-vous. »

Les enfants ne se le firent pas dire deux fois, et Françoise les suivit.

Cette seconde chambre était presque nue. Deux vieux rideaux formaient aux angles opposés deux espèces d'alcôves; l'une s'appelait, par extension, la chambre de Popol, l'autre la chambre de Titine.

Alfred et Marie regardaient, non sans étonnement, ces deux alcôves, ces murailles recouvertes d'un papier déchiré, ce carreau, qui n'avait jamais été mis en couleur. Ils trouvaient cela bien laid, bien triste... Le seul meuble était ce petit buffet qu'on avait déjà entrevu. Autour de la chambre, une large planche avait été placée sur des supports, à cinq pieds de hauteur; et sur cette planche on voyait de vieilles boîtes, de vieux cartons, enfin c'était un débarras; car la première pièce avait été, de tout temps, la pièce d'honneur, et celle-ci devait être par conséquent sacrifiée aux nécessités du ménage.

« C'est donc là que vous couchez? demanda Marie à Ernestine.

— Oui, se hâta de répondre Ernestine, je vais vous montrer *ma chambre.* »

Elle leva le vieux rideau, et l'on vit un petit lit de fer, fort étroit, composé d'une paillasse et d'un matelas assez plat, le tout recouvert d'une mauvaise couverture et de draps bien blancs; c'était la pauvreté, et non pas la misère. Ce petit réduit était pour l'enfant une aimable solitude, car elle se plaisait à orner la muraille de deux jolies images attachées chacune avec quatre épingles; l'une représentait la Sainte Vierge, l'autre, sainte Élisabeth, patronne de Mme Berthuis.

Alfred leva aussi son rideau, sans beaucoup de façon; mais le génie turbulent du petit garçon se faisait sentir dans ce lieu qui était proprement le sien. Le lit, sans doute fait le matin, avait déjà subi plus d'un désastre, et soutenu plusieurs assauts.

Léopold, obligé de restreindre sa vivacité aux limites resserrées du logement de la famille, faisait probablement force culbutes dans le seul endroit qu'il considérât comme sa propriété, selon l'antique adage : Charbonnier est maître chez soi.

De temps en temps, Alfred et Marie se regardaient l'un l'autre, et leur physionomie disait clairement :

« S'il nous fallait vivre ainsi ! »

Marie se rapprocha de Françoise et lui glissa dans l'oreille ces mots :

« Ils sont pauvres, et contents tout de même !

— Parce qu'ils se contentent de bien peu de chose, répondit la vieille bonne, ce n'est pas comme une petite demoiselle que je connais. »

L'enfant regarda Françoise en souriant. Dans le trio formé par la bonne, Alfred et Marie, on ne se fâchait jamais ; on s'aimait depuis trop longtemps.

Cependant, Ernestine avait bien envie de montrer à la petite étrangère le plus aimé de ses jeux, son joli serin, qui s'appelait *Lili*, et qui chantait comme pas un de ses pareils ! Elle commença par le louer en termes pompeux ; ce n'était pas un oiseau ordinaire ; il la connaissait par son nom, s'égayait rien qu'en la voyant, jouait sur sa main, sur son épaule, dans ses cheveux. Il avait toutes les qualités imaginables. Il était bon, aimable, plein de gentillesse.

« Montrez-le-nous, dit Marie.

— Volontiers, mademoiselle! il est dans la cuisine, parce que la fenêtre donne sur une petite cour, et nous pouvons la laisser ouverte, tandis que, depuis le commencement de la bataille, il faut tenir fermées les fenêtres qui donnent sur la rue. »

Ernestine ouvrit la porte de ce qu'elle appelait la cuisine. Deux mètres carrés, un misérable fourneau à demi brisé, des poêlons en terre, un baquet, une petite fontaine, et sur un tabouret assez élevé une planche faisant l'office de table. *Lili* se trouvait néanmoins fort heureux, parce que l'étroite fenêtre le laissait jouir de l'air et du soleil, et parce que Titine l'aimait. Or, il était bien doux d'être aimé par Titine! Elle n'aurait jamais oublié un seul jour de nettoyer la cage, de mettre du grain dans la mangeoire, de renouveler l'eau. Quand on mangeait de la salade, *Lili* avait la plus belle feuille; et sur les sous que lui donnait parfois son père, Titine faisait des économies pour acheter du mouron, du biscuit, toutes sortes de bonnes choses. Il fallait entendre les roulades par lesquelles le petit chéri payait ces soins, ces attentions, cette amitié!

Impossible de tenir quatre dans cette cuisine microscopique, d'autant que Françoise voulait tout voir. On apporta la cage sur le buffet, et l'on se mit à regarder Lili, et à lui demander poliment de chanter quelque chose.

Soit qu'il fût, par nature, un peu capricieux, soit que la fusillade gênât le musicien, il se contenta de quelques *cui! cui!* des plus ordinaires, et remit à plus tard ses airs de triomphe et ses joyeux refrains.

Bien que l'oiseau se fût montré presque taciturne, il n'en avait pas moins été le lien entre ces enfants; et vraiment, quand on replaça la cage sur le bord de la fenêtre, tout ce petit monde se connaissait et avait du plaisir à se trouver ensemble.

On s'assit dans la chambre des enfants, et comme il n'y avait que deux chaises et un marche-pied, le lit de Léopold fit l'office de canapé. Là, on se mit à causer. Le sujet de l'entretien était inépuisable. La maison de la rue de Lille, qui prenait feu; la peur de Jeannette, qui ne voulait ni rester, ni partir; les premiers pas dans la rue des Saints-Pères; l'injonction formelle de l'officier; la vilaine figure renfrognée de la vieille concierge; la halte forcée

sous la remise; l'Auvergnat; les poissardes et
leur poisson; tout fut raconté dans les moindres
détails; mais Marie devint toute triste quand
elle parla du pauvre garde national blessé,
qu'elle avait vu de loin tomber sur le trottoir,
sans être secouru.

« Oh! dit Léopold, si maman avait été là, elle
aurait bien été le chercher!

— Mais, toute seule, votre maman n'aurait pas
eu la force de l'attirer dans une maison, il ne
pouvait pas marcher!

— J'aurais été avec elle; et, à nous deux, nous
l'aurions pris par les épaules et par les jambes.
Soyez tranquille, je suis fort, moi!

— Le brave enfant! s'écria Françoise, frappée
de l'air résolu du garçon, on voit qu'il a été
élevé par de bons parents. C'est bien, mon petit
homme!

— Moi, dit naïvement Ernestine, je n'aurais
jamais osé descendre dans la rue. J'ai peur des
fusils, même quand ils ne sont pas chargés;
ainsi!... »

Françoise sourit et ne s'étonna point de la
frayeur de cette blonde enfant, qu'un souffle
aurait renversée.

Quand Alfred et Marie eurent à peu près

achevé de raconter leur terrible odyssée, Alfred questionna Léopold, pour savoir comment il avait passé son temps, depuis trois jours que durait la lutte.

« Ah! répondit le jeune garçon, nous avons eu bien du chagrin lorsque papa nous a dit qu'il ne reviendrait à la maison que quand tout serait fini; mais maman n'a jamais bien peur; elle ne crie pas, elle ne pleure pas, cela nous donne du courage. Cependant, quand les Versaillais ont repris notre rue, c'était un peu effrayant.

— Comment était-ce? demanda vivement Alfred.

— Le soir venait, le jour baissait; les autres avaient reculé, après avoir tiré bien des coups de fusil, et enfin, nous commencions à respirer; mais on n'était pas sûr que la rue ne serait pas reprise par les autres pendant la nuit, et l'on a donné l'ordre de ne pas fermer les maisons.

— Pourquoi donc?

— Mademoiselle, parce que, si les soldats avaient été surpris au milieu de la nuit, ils seraient montés chez nous, et ils se seraient défendus en tirant par les fenêtres.

— Ah! que j'aurais eu peur! Et vous?

— On a peur, mais on fait tout de même ce

qu'on peut. Eux, ils risquent bien leur vie
pour nous délivrer !

— C'est vrai, dit Marie. Ah ! qu'ils ont de courage ! Quand donc fera-t-on la paix ?

— C'est si méchant de se tuer comme ça ! fit
observer Ernestine.

— Et la nuit, est-ce que les soldats sont
montés dans les maisons ?

— Non, monsieur, heureusement ! Ils se sont
couchés sur les trottoirs, parce qu'ils n'en pouvaient plus. Nous étions là, entendant tout ce
qui se passait. A l'angle de la rue, il y avait un
sergent qui guettait. Deux fois, les autres se
sont avancés jusqu'à peu près au milieu de la
rue voisine ; le sergent faisait un signe, le commandant venait voir, et disait à demi-voix :
« Debout ! » Les soldats se levaient en un instant. Le commandant disait : « Visez l'officier.
Feu ! » Et la décharge partait, c'était terrible !

— J'en serais morte ! s'écria Marie.

— Moi aussi ; répondit Ernestine, seulement,
j'ai fini par m'endormir, la tête appuyée sur les
genoux de maman.

— Oui, mais maman et moi, nous n'avons
pas fermé l'œil, nous nous attendions toujours
à voir monter les soldats. La nuit s'est passée

comme ça; et ce matin ils nous ont dit qu'on n'avait plus rien à craindre, parce que le quartier était presque tout entier à eux, excepté un point, mais que, pour ce point-là, il fallait du canon.

— Du canon? s'écrièrent ensemble les deux petites filles. On va tirer du canon dans les rues?

— Oui, mademoiselle. On n'en a pas encore; lundi et mardi, on ne s'est servi que du fusil, du moins par ici; mais aujourd'hui on en aura et on pourra en finir. C'est bien malheureux! mais, puisqu'ils ne veulent pas se rendre, on y est obligé.

— Ah! si c'était moi, dit Ernestine, comme je me rendrais vite!

— Toi, tu aurais commencé par ne pas te révolter.

— Elle aurait eu bien raison, dit Françoise; la révolte ne mène à rien. Si l'on a tort, on vous le fait bien voir; et si l'on n'a pas tort, on vous dit que ce n'est pas le moment de vous accorder ce que vous demandez.

— Dites-nous donc, Léopold, comment s'est passé pour vous la matinée d'aujourd'hui?

— Monsieur Alfred, nous avions fini par nous

endormir tous les trois, tout habillés, après avoir mangé la soupe. Voilà que nous avons été réveillés en sursaut par les voisins, qui ouvraient la porte en criant : Madame Berthuis! madame Berthuis!

— Les voisins?

— Oui, quand ils ont trop peur, ils arrivent tous chez nous; maman leur rend le courage. Oh! vous ne savez pas ce que c'est que maman! Ils venaient lui dire que l'on avait mis le feu à la Croix-Rouge, que toutes les premières maisons du côté droit brûlaient. Vite, nous avons regardé par la fenêtre, et nous avons vu les flammes. C'était effrayant; vous avez pu en juger, puisque l'incendie continue.

— Oh oui! c'est effrayant! Tout le monde court; on crie, on pleure, on perd la tête.

— Oh! maintenant que le quartier va être tout entier aux mains des Versaillais, on pourra descendre dans la rue et aider à couper le feu. Maman m'a dit qu'elle m'enverrait faire la chaîne.

— Je voudrais y aller avec vous, dit Alfred. »

On en était là, lorsque Mme Berthuis ouvrit la porte de la chambre; c'était une porte vitrée. Son visage calme et sa parole toujours bienveillante plaisaient de plus en plus aux enfants, et

ils concevaient d'elle une grande estime, surtout
depuis qu'ils savaient que les autres locataires
de la pauvre maison venaient reprendre courage
auprès d'elle dans les moments difficiles.

« Monsieur et mademoiselle, dit-elle avec un
savoir-vivre qui était un mélange de bonhomie
et de dignité, vous devez avoir faim? Nous allons
faire un petit déjeuner, pas trop bon, mais à la
guerre comme à la guerre! »

Les enfants furent ravis à la pensée de ne pas
déjeuner comme à l'ordinaire.

Françoise avait eu la précaution de mettre,
dans le panier qu'elle portait au bras, du chocolat, quelques petits pains et des gâteaux secs.
Elle posa le tout sur la table, et dit gaiement :

« Nous allons faire un pique-nique; chacun apporte ce qu'il peut. »

Léopold et Ernestine s'empressèrent de placer
sur la table tout ce qu'il y avait d'assiettes dans
le ménage; mais la place manquant, il fut convenu que tous les deux mangeraient devant le
buffet, et que, pour qu'ils soient moins séparés
de tous, on laisserait ouverte la porte vitrée.

« Ma chère dame, dit honnêtement Mme Berthuis, j'ai là un petit reste de bœuf; voulez-vous
que nous le mettions en vinaigrette? ou bien,

préférez-vous que je fasse censément une sauce piquante, — sans cornichon, par exemple, parce que je n'en ai pas ? »

Mme de Langrune, pour ne pas compliquer le travail de Mme Berthuis, eut soin de choisir une vinaigrette. Un gros morceau de fromage figurait comme plat de résistance.

« Hélas ! dit l'excellente femme, j'ai le regret de n'avoir à vous offrir que de l'eau !

— Nous boirons ce que vous boirez, madame Berthuis, ne vous inquiétez de rien.

— Madame, nous avons l'habitude de prendre chacun deux doigts de vin à chaque repas ; c'est bon pour l'estomac ; la petite en prend un peu plus, à cause de sa faiblesse ; mais je vous avoue que, n'en ayant plus que quatre bouteilles, j'ai dit : « Mes enfants, les pauvres soldats qui nous gardent sont bien fatigués, donnons-leur à boire. Il y a de l'eau pour nous dans la fontaine. » Ils m'ont répondu : « Oui ! oui ! maman ! » et, ce matin, je suis descendue dans la rue, avec une bouteille et un verre ; Popol me suivait, portant les trois autres bouteilles ; et ces braves Versaillais ont été bien contents de boire un coup....

— Mère, vous ne dites pas tout, interrompit

Ces braves Versaillais ont été bien contents de boire un coup....

Ernestine; moi, j'étais à la fenêtre et j'ai
entendu.

— Tais-toi, petite bavarde. »

La ménagère entra dans sa cuisine pour préparer la vinaigrette; et pendant ce temps,
Mme de Langrune demanda à la petite fille :

« Dites-moi donc tout, voulez-vous?

— Mon frère sait mieux raconter que moi,
répondit en rougissant Ernestine.

— Voilà, reprit d'une voix assurée Léopold.
Il paraît qu'en guerre il est défendu aux soldats
d'accepter même un verre de vin, à moins que
la personne qui l'offre n'en ait bu la première,
parce qu'on pourrait leur servir du vin empoi-
sonné. Maman, qui connaissait cette loi, a voulu
la suivre; mais le lieutenant lui a dit : « C'est
inutile, madame, donnez à mes hommes ce que
vous voudrez; il suffit de vous voir pour savoir
à qui l'on a affaire, et je vous remercie de ce
que vous faites là. »

— Je ne suis pas étonnée du jugement qu'a
porté cet officier, mon cher enfant.

— Ni moi non plus, dit fièrement le jeune garçon. Tout le monde a confiance en notre mère,
tout le monde lui demande conseil.

— Allons, allons, qu'est-ce que tu racontes

donc, mon petit? dit en souriant Mme Berthuis, apportant son saladier; va chercher la salière, mets un tabouret sous les pieds de madame, celui qui n'est pas dépaillé. Et toi, Titine, va prendre quatre serviettes dans l'armoire; elles sont bien grosses, mais madame excusera.

— Je ne vois rien à excuser, dit Mme de Langrune, du ton le plus aimable.

— Ménage d'ouvriers, ma bonne dame; mais du moins, on y va de bon cœur! »

Ernestine apporta quatre bonnes serviettes de de toile toutes neuves. La serviette de table était, paraît-il, un luxe chez ces braves gens, car en famille chacun se servait tout bonnement de son mouchoir.

Les péripéties par lesquelles il avait fallu passer, et les inquiétudes dont on avait l'âme pleine, ôtaient tout appétit, dans ces tristes jours, à ceux qui pensaient, comprenaient et prévoyaient; quant aux enfants, ils n'entendaient point se mettre au régime des deux mères et de Françoise, qui faisaient semblant de manger; et ils firent honneur tous quatre au bœuf, au fromage, au chocolat et aux gâteaux secs. Deux ou trois bons verres d'eau fraîche arrosèrent le menu et, vu la faim qu'ils avaient ressentie, Albert et Marie demeurèrent convaincus qu'ils avaient parfaitement déjeuné. On venait de finir ce premier repas tous ensemble, lorsqu'un bruit effroyable fit tressaillir les convives; la porte vitrée se ferma violemment, deux de ses vitres se brisèrent, pendant que trois vitres de la fenêtre volaient en éclats, et que la cage du pauvre Lili tombait à terre, brusquement repoussée par la petite fenêtre de la cuisine que la secousse avait fermée.

Les enfants épouvantés se précipitèrent dans les bras de leurs mères.

« Maman! maman! qu'est-ce que c'est?

— Je ne sais, répondit avec le plus de calme possible Mme de Langrune; mais nous voilà tous sains et saufs; il faut donc se rassurer.

— Et remercier la Providence qui nous a préservés de tout mal. »

Mme Berthuis et Françoise s'étaient levées en hâte, pour faire disparaître les menus éclats de vitre qui auraient pu blesser les enfants; pendant qu'elles s'acquittaient avec soin de cette utile besogne, une main fièvreuse tourna brusquement la clef dans la serrure, et une femme

apparut, dans le complet désordre d'une insur-
montable frayeur, criant :

« Madame Berthuis! Madame Berthuis! »

III

La femme qui venait d'entrer était suivie d'une autre tenant par la main un enfant, et en portant un autre sur le bras. Un bonhomme, ayant toute l'apparence du savetier de Lafontaine, suivait à son tour, et une femme, d'une mise assez étrange, et pressant un gros chat angora sur son cœur fermait la marche. Tout ce monde affolé criait comme une invocation suprême :

« Madame Berthuis! Madame Berthuis! »

La brusque entrée de tant de personnes à la fois, dans le petit logement de Mme Berthuis, pouvait passer pour une avalanche. Ainsi se vé-

rifiaient les paroles qu'avait tout à l'heure pro-
noncées Léopold :

« Quand les voisins ont trop peur, ils arrivent
chez nous ; maman leur rend le courage. »

L'effroyable secousse, que chacun venait de
sentir, avait rempli d'épouvante toutes ces petites
gens qui habitaient les trois étages de la pauvre
maison. Leur premier mouvement avait été de
chercher un refuge près de l'excellente femme
qui leur était vraiment supérieure par la froi-
deur de sa tête et par la sérénité qu'elle conser-
vait en toute circonstance ; mais en voyant autour de la table quatre personnes étrangères, ils
furent interdits, et voulurent se retirer.

Mme de Langrune, pour les mettre à l'aise,
leur parla la première et leur dit qu'ayant reçu,
dans le danger où elle se trouvait, une si douce
hospitalité, elle serait désolée de priver les gens
de la maison du secours de Mme Berthuis.

« Eh ! mes bons amis, dit celle-ci sur le ton
de la plaisanterie, je ne sais vraiment pas quel
secours vous pourriez attendre de moi. C'est
plutôt une vieille habitude ; il y a vingt-cinq ans
que je demeure dans la maison, et l'on a la cou-
tume de s'arrêter au premier étage. »

L'honnête cordonnier prit la parole, comme

cela lui revenait de droit; il avait le visage ridé comme une pomme cuite, de petits yeux pleins d'esprit naturel, et une voix de tête qui s'entendait de partout.

« Faites excuse, madame, dit-il en s'adressant à l'étrangère, ce n'est pas une habitude, c'est plutôt un besoin. Au premier étage on trouve du si bon monde, tant le mari que sa dame, qu'on est porté à entrer dès qu'on est inquiet, ou malheureux, ou malade. Ici, c'est la maison du bon Dieu! »

Le brave homme, après cette courte harangue, partie du cœur, dit comme tout le monde qu'il ne pouvait pas imaginer quelle était la cause de cette terrible secousse; ses vitres s'étaient cassées, ses outils s'étaient entrechoqués; le vieux soulier qu'il ressemelait, pour se distraire, disait-il, avait sauté jusque sous son lit. Enfin, fort étonné, il était venu, autant pour se réconforter lui-même que pour savoir s'il n'était arrivé aucun accident à la famille Berthuis. Sur ce, il salua l'assistance, et remonta à la recherche de son vieux soulier, le brave père Navaux.

La femme échevelée, qui s'était présentée la première, était malade de frayeur, du moins elle continuait d'en donner des signes extravagants dans ses attitudes, ses cris, ses gestes; et pourtant la bonne Mme Berthuis, si sensible aux maux de son prochain, ne paraissait pas se préoccuper d'elle, et lui conseillait au contraire, de retourner dans son logement puisque, le premier moment de trouble passé, il ne résultait rien de fâcheux pour elle, sinon quelques vitres cassées.

« Si vous croyez que c'est gai d'être toute seule là-haut, dit d'une voix languissante cette femme à l'aspect peu sympathique. Traverser des jours comme ceux-ci, sans savoir seulement comment se nourrir! Vous, vous avez du pain sur la planche, c'est commode!

— Si j'ai du pain sur la planche, c'est que mon mari l'y a mis, et que j'ajoute ce que je peux en faisant un peu de lingerie, pas beaucoup à cause de mon ménage, mais enfin, c'est toujours ça.

— Ah! Il y en a qui ont du bonheur, et d'autres qui ne savent que devenir. »

La femme échevelée fit avec un rare talent je ne sais quelle grimace, dont elle avait le secret, et qui eut pour effet d'amener subitement des larmes dans ses yeux.

Mme Berthuis prit ce moment pour lui dire
assez carrément :

« Que voulez-vous, ma pauvre madame Bazile ?
ce n'est pas moi qui mène le monde. Vous
voyez que j'ai de la compagnie, et qu'on ne sait
pas où se mettre. Croyez-moi, remontez chez
vous. »

Elle fit une moue significative, et jetant sur
l'élégante étrangère un regard suppliant, elle
eut l'air d'étouffer un sanglot, et prit le parti
de s'en aller.

Le temps qu'elle avait mis à occuper d'elle
les hôtes de Mme Berthuis, Françoise l'avait
passé à causer dans la seconde chambre avec la
jeune mère dont les enfants, blancs et chétifs,
accusaient sans parler une gêne extrême. Elle
avait eu bien peur, la pauvre femme, et croyant
qu'un grand danger la menaçait, elle et ses
pauvres petits enfants, elle n'avait eu d'autre
pensée que de se cacher chez la bonne Mme Berthuis, la providence de tout le monde. Cette
jeune mère était veuve depuis deux ans ; elle
travaillait tant qu'elle pouvait, et ne faisait
point parade de sa misère ; au contraire, ses enfants étaient tenus proprement, et sa robe d'in-
dienne, usée et rapiécée, n'avait point de taches.

Discrète autant que confiante, Virginie n'aurait
pas voulu gêner Mme Berthuis, et après s'être
excusée de la brusque apparition que la frayeur
lui avait fait faire, elle se retira en saluant.

Restait la femme au chat. Celle-là ne semblait
pas avoir l'intention de s'en aller; elle s'était
emparée d'une chaise, et se tenant complai-
samment dans la position qui convenait le
mieux à l'angora, elle attendait qu'on en eût
fini avec le menu peuple, car elle représentait
l'aristocratie de la maison.

Mme de Langrune lui adressa la parole avec
bonté, et vit qu'elle parlait plus correctement
que les autres locataires. Il fut question, bien
entendu, de la secousse, encore inexpliquée, et
de l'état général des choses.

« Hélas! dit avec un accent de conviction in-
time Mme Réthel, ceux qui font les révolutions
sont en vérité bien coupables! Il faut croire
qu'ils ne se rendent pas compte du mal qu'ils
causent dans chaque intérieur. C'est affreux!
Les santés sont ébranlées pour longtemps, par
suite des émotions et des privations. Nous en
savons quelque chose! lui et moi!

— Vous avez peut-être chez vous un malade?
demanda Mme de Langrune. »

Léopold et Ernestine ne purent retenir un sourire.

« Il est très souffrant, madame, répondit sérieusement Mme Réthel. Comment voulez-vous qu'il en soit autrement? Après le siège, qui l'avait épuisé, la Commune, qui certes n'est pas faite pour rétablir l'équilibre dans un corps exténué!

— Assurément, reprit Mme de Langrune, admettant toujours l'hypothèse d'un époux convalescent, et puis, on a des préoccupations; l'esprit se fatigue, on s'inquiète avec juste raison de l'avenir du pays.

— Ah! l'avenir! c'est moi qui en suis effrayée. Quant à lui, c'est surtout le présent qui l'occupe.

— C'est ce qui arrive dans les longues maladies; on finit par ne plus s'inquiéter que de son mal, et ceux qui entourent le malade ne cherchent point à lui enlever ses illusions.

— Au contraire, madame, on préfère garder pour soi toutes les angoisses morales et l'on souffre doublement! Enfin, c'est ma destinée! Si du moins il pouvait être heureux, lui!.... »

Ici, Léopold, qui retenait depuis le commencement du dialogue un éclat de rire, le laissa échapper, malgré les gros yeux de sa maman; et Alfred, qui tout à coup comprit qu'il s'agissait du chat, eut peine à n'en pas faire autant.

Quant à la pauvre Ernestine, elle ne pouvait se distraire si facilement de la commotion violente qu'on venait de ressentir; elle était restée toute tremblante et toute triste, car si elle jugeait de l'ensemble par ce qui s'était passé, il devait s'être fait bien du mal! La secousse avait renversé la cage du charmant Lili, et le cher petit s'était si rudement frappé contre les barreaux de sa prison qu'il ne bougeait plus. Titine l'avait pris dans sa main, elle l'embrassait, elle lui parlait bas à l'oreille, comme on fait entre amis; elle le baignait, elle essayait de lui faire boire quelques gouttes d'eau, rien ne réussissait; il allait donc mourir, victime, lui aussi, des passions humaines qu'il ne connaissait pas. Quand la fillette le sentit peu à peu se refroidir dans sa main, elle le baisa tout de même, et alla le remettre dans sa cage, le posant sur la dernière feuille de salade qui lui avait été offerte. Elle revint ensuite la tête baissée, et pendant qu'on causait elle dit à demi-voix à sa mère :

« Lili est mort!

— Ma pauvre petite, dit avec bonté Mme Berthuis, je le regrette parce qu'il t'amusait; mais vois-tu, il faut t'en consoler, en pensant que ce petit malheur n'est rien comparé à tout ce qui se fait dans Paris. Combien de personnes sont blessées, sont tuées en ce moment! Combien d'enfants perdent leur père! Allons, ne pleure pas.

— Ça lui a sans doute fait bien mal! reprit avec tendresse la bonne Ernestine.

— Certainement, pauvre petite bête; mais il n'a pas souffert longtemps, et maintenant il ne souffre plus; c'est toi seulement qui as un plaisir de moins. Allons, essuie tes yeux, et viens t'asseoir, tu vas faire de la charpie pour les pauvres soldats blessés, et pour les autres aussi; car ils me font grand'pitié, tous tant qu'ils sont! »

Ernestine s'installa sur une petite chaise, et obéit à sa mère. Aussitôt Marie vint auprès d'elle, prit aussi un vieux morceau de toile, et se mit à faire de la charpie pour tout le monde; elles causaient toutes deux à voix basse, et il est probable qu'elles parlaient du pauvre Lili.

Cependant, Mme Berthuis affectait de laisser tomber la conversation, afin que la voisine, un peu rassurée, s'en retournât chez elle. Quand

Mme Réthel eut enfin pris ce parti, Mme de Langrune demanda quelques renseignements sur
cette femme âgée, d'un aspect singulier, qui paraissait d'ailleurs d'humeur paisible.

« C'est une très bonne personne, répondit
Mme Berthuis, une petite rentière qui a juste
assez pour deux : elle et son chat. Elle a été,
je crois, dans une position meilleure, et des
événements fâcheux, dont je n'ai point connaissance, lui ont affaibli la tête. Elle s'habille,
comme vous voyez, madame, d'une façon qui
porte à rire, singeant les modes, et n'arrivant
qu'au ridicule, parce que le goût et l'argent lui
font défaut. On se moque d'elle, à cause de son
gros Minet, dont elle fait un personnage. C'est
assez drôle; mais je la prends comme elle est,
pauvre femme! Je la reçois, je l'écoute; et à
cause de cela, elle a confiance en moi, et se sou-
lage de ses peines en me les racontant.

— Mais vraiment, tout le monde vous aime,
madame Berthuis? Il faut que vous soyez bien
bonne!

— Pas meilleure qu'une autre, ma chère dame;
seulement, je tâche de traiter mon prochain
comme je voudrais être traitée moi-même, voilà
tout. »

Un peu d'agitation s'étant produite dans la rue, Mme Berthuis entr'ouvrit une fenêtre, car elle voulait se tenir au courant de tout ce qui se passait; chacun se parlait, et la nouvelle qui volait de bouche en bouche donnait l'explication de la terrible secousse ressentie dans tout le quartier; c'était l'explosion d'une poudrière qu'on avait placée au Luxembourg.

Alfred, en se penchant par la fenêtre, vit qu'on avait organisé une chaîne de secours, pour retarder du moins les progrès de l'incendie de la Croix-Rouge.

« Maman, on fait la chaîne!

— Tu vas y aller, mon garçon. Il faut faire ce qu'on peut, selon ses moyens, pour diminuer le mal, puisqu'il est impossible de l'empêcher. Vois comme nous avons du bonheur! Pas une balle ne nous a atteints, et cette poudrière, qui vient de sauter, ne nous a pas fait grand mal; nous en sommes quittes pour la peur et quelques vitres cassées. La meilleure manière de remercier Dieu, c'est de se rendre utile à ceux qui sont plus malheureux que soi. Tu vas ôter ta veste, parce qu'elle est propre, et ton pantalon, parce que je viens d'y mettre une pièce; prends une de tes blouses d'école, et tout ce que tu as de plus vieux; la chaîne demande ça; on se jette de l'eau, on marche dans la boue, et il ne faut pas craindre sa peine. »

Pendant que Léopold faisait de point en point ce qu'avait dit sa mère, Alfred se rapprochait de Mme de Langrune.

« Maman, disait-il, je voudrais bien aller avec Léopold faire la chaîne; voulez-vous?

— Certainement, mon cher enfant; dans les circonstances où nous nous trouvons, il faut que tout le monde serve son pays, selon son âge et ses forces. Va avec Léopold. Tiens-toi seulement loin du feu. D'ailleurs, je te verrai par la fenêtre.

— Madame, ce petit monsieur va bien salir ses habits?

— C'est vrai; mais que voulez-vous? La bonne tenue n'est pas de rigueur ces jours-ci.

— Si vous vouliez, monsieur Alfred, j'ai une blouse propre, dit Léopold.

— Oh oui! Prêtez-la moi! »

Les deux mères se regardèrent en souriant, heureuses de voir leurs fils désireux de se rendre utiles à leurs semblables.

Deux minutes après, les petits garçons étaient mêlés à toutes les personnes de bonne volonté,

Deux minutes après, les petits garçons étaient mêlés à toute
les personnes de bonne volonté.

qui sortaient de leurs maisons, et s'efforçaient de conjurer le fléau, soit en emportant dans leurs demeures des objets précieux, soit en faisant passer des seaux d'eau, soit en repassant les seaux vides, besogne facile à la portée d'Alfred et de Léopold. Ils se sentaient tout fiers d'être bons à quelque chose; et, sachant se mettre au-dessus d'une frayeur puérile et exagérée, ils travaillaient, les bons enfants, de tout leur cœur.

On voyait entrer et sortir les malheureux habitants des maisons incendiées, car ces masses énormes ne brûlaient que lentement. L'un sauvait sa pendule, l'autre un portrait de famille; celui-ci, pâle d'émotion, celui-là, rouge de fatigue. Alfred pensait à la maison de la rue de Lille, qui en ce moment même était la proie des flammes; il entendait dire autour de lui en parlant de ceux qu'un pareil malheur frappait :

« Ce sont des gens ruinés! »

« Et nous? se demandait-il, est-ce que nous allons être ruinés! » Il ne se rendait pas bien compte de toutes les souffrances enfermées dans ce seul mot *ruinés*, et pourtant, il lui venait pour la première fois en tête qu'il avait toujours été bien heureux, bien logé, bien vêtu,

bien nourri, et qu'il ne faudrait qu'un moment
pour qu'il devînt pauvre comme Léopold. Toutefois, ces pensées ne faisaient qu'effleurer son
esprit, et son travail le préoccupait assez pour
l'absorber.

Mme de Langrune et Mme Berthuis venaient
souvent, l'une ou l'autre, regarder de loin leurs
enfants et s'assurer qu'ils ne couraient pas le
moindre danger.

Elles avaient vécu trop longtemps pour ne
pas s'effrayer beaucoup, et l'absence de leurs
maris aurait suffi pour rendre poignante leur
inquiétude; mais elles conservaient le calme
extérieur, si nécessaire en de semblables occa-
sions, et n'ajoutaient pas à la réalité par des
frayeurs nées des fantômes de l'imagination.

« Et moi, dit Mme de Langrune, que puis-je
faire, pendant que nos enfants travaillent? Je
voudrais bien ne pas rester inactive. Ne pour-
riez-vous pas me donner au moins un peu d'ouvrage à l'aiguille? »

Mme Berthuis ne savait que répondre; il lui
semblait impossible de trouver dans sa pauvre
maison un ouvrage assez fin pour de si jolis
doigts. Elle se trompait, et Mme de Langrune
lui fit comprendre que, tout en employant ses

loisirs à d'élégants ouvrages, elle savait trouver du temps pour confectionner des vêtements, faits de forte toile ou de rude étoffe, et destinés à de pauvres gens.

« Eh bien, madame, répondit l'honnête femme, puisque c'est ainsi, je vais pouvoir vous donner du travail.

— Je vous en remercie, car je n'aime pas l'oisiveté, et je ne reste inactive que le temps de satisfaire aux exigences du monde.

— Tenez, madame, voilà l'ouvrage dont il s'agit. Ma petite commence à grandir; ses chemises lui deviennent trop courtes, et je voudrais en faire cadeau à cette pauvre locataire qui s'appelle Virginie, qui est veuve depuis deux ans et mère de deux enfants. Avec son aiguille, elle gagne bien juste de quoi les nourrir et manger ce qui reste, peu ou beaucoup. Elle doit son dernier terme, et vraiment ce n'est pas sa faute; aussi notre propriétaire, qui est bon, consent à attendre. Un peu d'aide lui fait grand bien, pauvre femme!

— Et je vois, madame Berthuis, que, dans votre position si étroite, vous trouvez moyen de secourir cette intéressante voisine.

— Ah! madame, songez donc que je suis bien

plus heureuse qu'elle. J'ai un mari, moi, et un bon! Il m'apporte quinze francs par semaine, bien régulièrement, et il est nourri. En revenant de l'école, ma fille m'aide au ménage; mon grand fait mes commissions, remplit ma fontaine, avec de l'eau qui ne me coûte rien; et moi, je gagne tous les jours assez pour payer le loyer à chaque terme, et entretenir les enfants.

— Comment pouvez-vous faire tant avec si peu d'argent?

— Ah! ma chère dame, nous avons des petites rentes, reprit en souriant la mère de famille. Depuis notre mariage, nous avons toujours mis à la Caisse d'épargne ce que nous avons pu, tantôt plus, tantôt moins; ces petites sommes se joignaient aux économies de ma bonne mère, car elle avait un peu d'aisance, et m'a laissé cent francs de rente; enfin, madame, nous en avons maintenant deux cents; c'est beaucoup pour des ouvriers! Nous ne payons pas cher au propriétaire, parce que la maison est vieille et laide; cent soixante francs par an, pas davantage. Et puis, on a quelques petits profits; enfin, on s'en tire. Le père étant nourri, et bien nourri, c'est le principal, parce que, faisant des courses et de gros travaux, il mange beaucoup.

— Allons, madame Berthuis, donnez-moi de l'ouvrage, tout en me prouvant que vous êtes la plus heureuse femme du monde.

— Ah! je n'ai pas à me plaindre, certes! Parlez-moi de la pauvre Virginie; celle-là est malheureuse! Eh bien, madame, vous allez l'aider puisque vous le voulez. J'ai là des chemises, à mon garçon et à Titine, qui sont encore assez bonnes; je les ai gardées dans un coin de l'armoire pour les offrir à la voisine; mais il y a des pièces à mettre, car je n'aime pas à donner des trous; si madame voulait....

— Certainement, je veux bien, et je dirai même : nous voulons, car Marie ne demande pas mieux que de coudre de temps en temps, pour se reposer de la charpie. »

L'excellente femme prit un paquet dans son armoire, et montra le cadeau destiné à Virginie. Aumône du pauvre, précieuse aux yeux de Dieu!

Cinq minutes après, Mme de Langrune et sa fille cousaient charitablement, et la mère disait à l'enfant :

« C'est un honneur, ma chère Marie, de travailler pour les pauvres; et cela devient un plaisir quand ils sont aussi intéressants que Virginie et sa jeune famille. »

Françoise aurait volontiers pris cœur à l'ouvrage, elle aussi; mais depuis que son cher
Alfred était allé faire la chaîne, elle éprouvait
un si vif désir de le surveiller que la pauvre
femme ne tenait plus sur sa chaise. Elle partit
donc pour aller à la Croix-Rouge, distante de
deux cents pas. Elle pensait, la bonne Françoise,
que le plus grand service qu'elle pût rendre
était de garder de tout mal le bon petit garçon
qu'elle avait élevé, et qui un jour servirait son
pays.

Pendant que les deux réfugiées travaillaient à
l'aiguille, Mme Berthuis et sa fille s'occupaient
du ménage. La grande affaire était de savoir
comment on s'y prendrait pour dîner. On n'imaginait pas un repas en règle; mais il fallait pourtant trouver à manger pour sept personnes, et
ce problème était difficile à résoudre.

« Nous avons des pommes de terre, dit gracieusement Mme Berthuis, j'ai gardé un tout
petit morceau de bouilli; si j'en faisais, à force
de sauce, un grand ragoût?

— Quel talent! répondit sur le même ton
Mme de Langrune; c'est en effet le meilleur
parti à prendre. »

On installa sur le vieux fourneau un énorme

poëlon sans queue, et l'on y mit le petit morceau de bœuf, des oignons, du beurre et toutes les pommes de terre qu'on trouva. Titine se prêtait à tout, mais avec tristesse; il y avait si peu de temps que le pauvre Lili était mort! Cependant, elle ne parlait pas de son oiseau, parce que son bon sens lui faisait sentir qu'il tenait trop peu de place au milieu des graves circonstances qu'on traversait. La petite ménagère se donnait beaucoup de peine pour laver la vaisselle du déjeuner, car la frayeur, causée par l'explosion de la poudrière, avait mis tout en retard. Elle allait et venait lestement, rinçait les verres, et secondait sa maman avec une intelligence dont Marie était fort surprise. L'éducation d'Ernestine ayant été beaucoup plus pratique que celle de la jeune habitante de la rue de Lille, celle-ci se reconnaissait incapable de faire une aussi bonne figure en pareille occurrence. Elle le disait tout bas à sa mère.

« Maman, je ne saurais jamais faire tout ce que fait Ernestine.

— Tu le saurais si tu y étais obligée, ma chère enfant. La nécessité fait qu'on essaye, et qu'on apprend. Ma mère m'a souvent raconté que ses parents et leurs amis avaient travaillé de leurs mains, pendant la grande révolution, pour gagner de quoi vivre.

— Ils étaient donc ruinés?

— Oui, les uns pour un temps; les autres, pour toujours. »

Marie baissa la tête, sans dire un mot de plus; elle n'osait questionner, de peur que les conséquences de l'incendie de la rue de Lille fussent ce qu'on appelait « Être ruinés pour toujours! » La vie large et heureuse qu'elle avait menée jusqu'alors lui avait semblé la seule possible, et elle se trouvait, par le fait même de l'hospitalité reçue, toucher du doigt une vie où tout était effort journalier, fatigue et privation.

Après avoir bien travaillé, les petits garçons revinrent fatigués, et les pieds mouillés; mais contents d'avoir pris part à quelque chose d'utile. Pendant ce temps-là, le vieux linge avait été remis presque à neuf par Mme de Langrune et sa fille; la pauvre veuve pouvait en faire ce qu'elle jugerait le plus convenable. Enfin, les ménagères s'étaient évertuées à préparer un dîner quelconque. En regardant par la fenêtre, Mme Berthuis, qui n'avait pas assez de pain, vit une charcuterie entr'ouverte.

« Vite, cours chez le boulanger, Popol, dit-elle, rapporte un pain de six livres, afin qu'il y en ait pour demain matin ; et tu prendras, chez le charcutier, un beau morceau de jambon, avec de la gelée, et tu te dépêcheras. »

On laissait effectivement circuler dans un étroit rayon, et le petit garçon revint promptement avec un pain et du jambon. Alors, on se mit à table, dans le même ordre qu'au déjeuner, les deux enfants de la maison devant le buffet, dans la chambre contiguë.

Mme de Langrune avait le cœur trop plein d'angoisses pour jouir de quelque chose ; néanmoins, elle éprouva je ne sais quel apaisement en prenant part, dans une très faible proportion, à ce repas si cordialement offert. Le potage avait été forcément supprimé, mais quel ragoût ! Mme Berthuis disait elle-même, en souriant, qu'elle avait fait de la sauce pour trois jours. Si l'on avait été rue de Lille, assis autour de la grande table à pied, mangeant dans de jolies assiettes, et avec une fourchette d'argent, finement travaillée, les enfants n'eussent pas manqué de trouver le beurre fort, les pommes de terre mal cuites, le bœuf sans saveur et bien dur ; mais Léopold et Ernestine paraissaient si franchement admirateurs du festin, que, sans arrière pensée, Alfred et Marie s'en montrèrent fort contents et y firent honneur. Tout le jambon y passa; les travailleurs sentaient le besoin de réparer leurs forces; et Françoise, qui partageait toutes les inquiétudes de sa maîtresse au sujet de M. de Langrune et de la maison de la rue de Lille, ne pouvait s'empêcher de sourire en voyant de quel appétit les fatigues de la chaîne avaient doué Alfred et Léopold.

Quand on eut dîné, il fallut songer à la manière dont on passerait la nuit, dans ces deux petites pièces, où se trouvaient seulement trois lits. Chacun proposait un moyen, et ce moyen était aussitôt rejeté. La question était trop compliquée pour ne pas demander du temps; et pendant les débats, Léopold finit par s'endormir sur une chaise, prouvant ainsi que ce mode de repos n'était pas inadmissible.

Mme Berthuis aurait été d'avis de coucher ses hôtes le moins mal possible, et d'adopter pour elle et ses enfants le système de literie choisi par Léopold; mais comme on le pense, Mme de Langrune n'acceptait pas l'hospitalité dans ces dures conditions. On se disputa donc bien amicalement, et pas assez bruyamment pour couvrir les miaulements du bel angora de Mme Réthel, qui se tenait humblement à la porte, comme il faisait tous les soirs à heure fixe.

« Permettez, madame; c'est mon petit pensionnaire. Sa maîtresse vit seule, et bien petitement; il vient chez nous tous les soirs; quand on a quelques petits os, on les lui donne; quand on n'a rien, on le caresse, et il s'en va d'aussi bonne humeur.

— Et aujourd'hui?

— Aujourd'hui, la sauce est si longue qu'on peut lui en donner. Viens, Minet. »

Le gros chat entra en faisant la roue, lécha tout ce qu'on voulut, et se retira fort enchanté.

« Où donc est votre petite Ernestine? demanda Françoise.

— Je l'ai envoyée au quatrième porter un peu de pain, car en ce moment, tout est difficile. Virginie n'a peut-être pas osé sortir; elle peut manquer du nécessaire, la pauvre femme! »

Mme de Langrune pria Ernestine de remonter, pour porter aux enfants du chocolat et des gâteaux secs. Elle ne se lassait point d'admirer le beau caractère de Mme Berthuis, qui pensait à tout le monde, dans des circonstances où chacun n'est que trop porté à l'égoïsme, et qui, malgré l'exiguïté de ses ressources, parvenait à aider de plus pauvres qu'elle.

Avant d'en finir sur le sujet important du sommeil, on convint qu'il était prudent de remplacer les vitres cassées par du papier. En conséquence, on fit, avec un peu de farine et d'eau, de la colle, et coupant de vieux journaux à la mesure des vitres, on les appliqua aux châssis ; ce fut Françoise qui eut la gloire de mener à bonne fin cette expédition. Après quoi, elle aida Mme Berthuis à remettre en ordre son petit ménage, car on ne pouvait plus remuer dès qu'une seule chose n'était pas à sa place.

En dernier ressort, il fut décidé, malgré les récriminations des opposants, que le grand lit, dédoublé, serait occupé par Mme de Langrune et sa fille. Un des matelats posé par terre fut destiné à Françoise. Celui de Léopold étendu dans un coin de la première pièce échut à Alfred, et de cette manière, presque toute la place fut prise. Quant à Mme Berthuis, elle s'empara du lit de son fils, formé d'une paillasse, mit tout auprès le matelas d'Ernestine, afin de n'être pas séparées, mère et fille, et abandonna au gros Léopold, qui ne tenait plus debout, ce qu'on appelait pompeusement la chambre de sa sœur, dont on avait retiré le matelas.

La fusillade avait cessé aux alentours; mais tout n'était pas fini, et l'on entendait au loin gronder le canon. Cependant, après de si mauvaises nuits, et tant d'émotions, la lassitude l'emporta sur l'inquiétude, et bientôt, dans le petit logement de la bonne Mme Berthuis, on n'entendit plus que le souffle paisible de sept personnes endormies.

IV

Le gamin de Paris

Le lendemain, dès avant le jour, Mme de Langrune, Mme Berthuis et Françoise reprirent en s'éveillant toutes leurs inquiétudes; mais comme chacune, en ces tristes moments, se trouvait réduite à l'impuissance, on ne se leva point, on ne fit aucun bruit, afin de ne pas troubler le repos des enfants. Ernestine se réveilla la première, et se mit à tousser.

Mme de Langrune questionna la mère au sujet de cette toux, et la brave femme répondit tristement :

« Hélas! c'est comme ça tous les matins, et

depuis longtemps. Ce qui me fait de la peine, c'est que sa sœur, à son âge, était tout de même. Le médecin me dit que c'est faiblesse de poitrine, et qu'il faudrait que l'enfant pût se fortifier assez pour surmonter le mal.

— Quel moyen propose-t-il?

— Toujours l'impossible pour nous : l'air pur de la campagne, respirer à pleins poumons. Est-ce que je peux lui donner ça? Tout ce qu'il a moyen de faire, c'est un bon pot-au-feu tous les dimanches, une bouteille de bordeaux qu'on achète de temps en temps, pour elle seule, et puis la laisser dormir tout son soûl; je ne la réveille jamais de force; elle est trop faible. Ah! s'il fallait perdre encore celle-là! »

Les deux mères s'entendaient trop bien pour insister, de part ni d'autre, sur une semblable prévision. Mme de Langrune jeta sur la mère d'Ernestine un regard si bon qu'elle lui rendit le courage, et Mme Berthuis, accoutumée à ne jamais écouter ses propres plaintes, se mit en devoir de travailler, de ranger, de faire tout ce qui pouvait être utile à ses hôtes et à ses enfants.

L'ordre étant rétabli, il fut convenu qu'on prendrait le déjeuner sur la provision de Françoise, c'est-à-dire qu'on ferait, faute de lait, du chocolat à l'eau pour tout le monde. Alfred ne pouvait le souffrir; mais, vu la circonstance, il s'en accommoda gaiement, répétant lui-même : « A la guerre comme à la guerre! »

Un des plus vifs tourments de Mme de Langrune était l'inquiétude de son mari, si l'incendie de sa maison venant à sa connaissance, il restait dans l'ignorance du sort de sa famille. Personne ne savait si elle avait pu poursuivre sa route, et sous quel toit, dans le cas contraire, elle avait trouvé un abri. Elle ne pouvait se distraire de ces pénibles réflexions; et, à travers la tempête qui grondait, il lui semblait entendre la voix de son mari, disant dans une angoisse affreuse : « Où sont-ils? »

Léopold avait tout d'abord éprouvé pour Mme de Langrune une respectueuse sympathie. Sa dignité était mêlée de tant de simplicité, de tant de bonhomie, que l'enfant se sentait à son aise auprès d'elle.

C'était un gros garçon, la seule santé de la maison; court, trapu, brun et résolu. Il ne se laissait jamais déconcerter par les obstacles; au contraire, il avait cette hardiesse curieuse qui se plaît aux aventures. Ce cœur ardent et coura-

geux avait déjà donné plus d'une preuve de
valeur. Enfin, c'était ce qu'on appelle le gamin
de Paris, fin, rieur et entreprenant; mais le
gamin de Paris croyant en Dieu, aimant sa
mère, et se soumettant à l'autorité de ses parents et de ses maîtres.

Tel qu'il était, et malgré l'apparente légèreté
de ses treize ans, il regardait avec tristesse
Mme de Langrune, et prêtait une oreille attentive à ses paroles quand elle disait à Mme Berthuis :

« Ah! si du moins je pouvais faire savoir
à mon mari que nous sommes ici, que nous ne
courons aucun danger! S'il peut aller jusqu'à la
rue de Lille, les voisins qui nous ont vus partir,
et à qui j'ai parlé, ne lui donneront aucun ren-
seignement exact. Qu'il sera malheureux! »

Léopold devenait de plus en plus soucieux.
Il finit par se rapprocher de sa mère, et lui dit,
à demi voix :

« Mère, les Versaillais sont maîtres de tout le
quartier; si vous vouliez, je saurais bien aller
rue de Lille, moi! Je dirais aux gens du voisi-
nage que cette dame est chez nous, et si ce
monsieur venait, il verrait qu'elle ne risque
rien.

— Dame, mon garçon, il faudrait être bien sûr que tu ne risques rien toi-même, pour te permettre d'aller là.

— Mais n'ayez donc pas peur! Il n'y a pas de danger! Il y a longtemps qu'on ne tire plus par là. Venez demander à l'officier, qui est dans la maison en face; il vous le dira bien; il sait les nouvelles.

— Va lui demander, mon garçon. »

Léopold ne fit qu'un saut et reçut pour réponse qu'on pouvait circuler de ce côté, mais pas encore du côté du Jardin des Plantes; car Mme Berthuis avait dit à son fils de poser aussi cette question, si importante pour Mme de Langrune.

« Mère, laissez-moi aller, mais sans rien dire, parce que si je ne réussis pas, on n'aura pas plus de chagrin qu'on n'en a.

— Tu as raison, mon bon ami; mais sois bien prudent!

— Ne craignez donc rien; vous savez ce qu'a dit l'officier.

— Va, si je pensais qu'il y ait encore quelque danger, je ne te laisserais pas partir. »

Léopold prit sa casquette et se sauva comme s'il venait de faire un mauvais coup. Personne ne s'en douta, et sa mère passa dans la chambre des enfants, pour qu'on ne la vît pas suivre des yeux ce cher fils de si bonne espérance, sur qui elle pouvait déjà compter comme sur un appui.

Elle n'avait voulu lui donner aucune impulsion, de peur de le porter à quelque imprudence; mais elle se disait que peut-être Léopold, s'il arrivait facilement à la rue de Lille, pousserait jusqu'à l'entrée de la rue du Bac, où était retenu son père. L'idée d'avoir des nouvelles du brave Berthuis lui causait une grande joie; mais elle cachait cet espoir et cette joie à Mme de Langrune, par une extrême délicatesse.

Cependant, l'expédition du petit bonhomme demanda un certain temps, pendant lequel Alfred fut pris d'ennui et de tristesse. Les limites resserrées de ce pauvre logement lui donnaient des idées noires; il lui semblait être en prison. Il interrogea Ernestine au sujet de son frère; mais comme elle ignorait sa démarche, elle lui répondit, de bonne foi, que de temps en temps, il montait chez les voisins, particulièrement chez le père Navaux, qu'on aimait beaucoup, et que c'était probablement là qu'il était.

Mme Berthuis, pour abréger l'attente, lui offrit

un des prix qu'avait gagnés son fils; c'étaient des histoires de naufrages.

« Mon beau petit monsieur, si vous vouliez bien nous lire tout haut une de ces histoires, vous feriez plaisir à tout le monde. »

Alfred eut la bonne grâce de ne pas se le faire demander deux fois, et pendant que toutes les personnes qui l'entouraient travaillaient à la couture, ou à préparer des bandes, des compresses et de la charpie, il commença une histoire terrible, propre à jeter l'effroi dans tous ces esprits que l'on était censé distraire; il n'était question que de glaces du pôle, d'ours blancs, de cadavres; il y avait de quoi donner le cauchemar pendant trois nuits. Cependant, l'effet de toutes ces catastrophes fut singulièrement atténué, vu que, tout en paraissant écouter religieusement, Mme de Langrune pensait à son mari, à ses pauvres domestiques séparés d'elle, à son mobilier, dont peut-être il ne restait plus rien. Mme Berthuis pensait aussi de son côté à son mari, puis à son bon gros Popol, qui s'en était allé, brave comme un petit homme, et qui ne revenait pas.

La vieille Françoise avait à peu près les mêmes pensées que sa maîtresse, et la petite Ernestine, qui s'était courageusement abstenue de toute plainte, se souvenait avec tristesse de son oiseau bien-aimé. C'est à cause de toutes ces divagations que l'on arriva, sans la moindre émotion, à savoir que l'un des voyageurs avait été mangé par les ours, un autre par ses camarades, ce qui était pire; et que tous avaient péri, excepté un, destiné à faire ce funèbre récit. Alfred, seul obligé de comprendre, en avait le frisson, lorsque tout à coup, on entendit de petites jambes monter l'escalier quatre à quatre. La porte s'ouvrit brusquement, et Léopold apparut.

Il était haletant, épuisé, le courageux enfant, tant il avait marché vite, de peur d'inquiéter Mme Berthuis. Comme s'il n'y avait eu personne dans la chambre, il courut, le front rayonnant de joie, se jeter au cou de sa mère, en criant :

« Papa va bien ! .

— Tu l'as donc vu, mon brave enfant? Ah! qu'il a chaud! Ses cheveux sont tout mouillés. »

Mme de Langrune demanda quelques mots d'explication, et la mère lui apprit alors que Léopold avait voulu essayer de mettre fin à l'angoisse de M. de Langrune.

« Voyons, mon garçon, dit-elle, parle toi-même, dis à madame comment cela s'est fait.

— Tout ce qu'il y a de plus simple. On m'a laissé passer, en me demandant où j'allais; je l'ai dit, ce n'était pas un mystère. Il y avait des soldats qui me regardaient drôlement; je leur disais : Fouillez-moi, si vous voulez. Ils me répondaient en riant : « Allons passe, mon petit bonhomme ». Je suis arrivé dans la rue de Lille, et j'ai vu la maison...

— Eh bien?

— Dame, elle brûle toujours, c'est bien triste !

— De ce côté, il n'y a plus qu'à supporter une perte certaine; il faut s'y résigner, mais mon mari? Avez-vous entendu parler de lui, mon cher enfant? Oh! dites-moi tout ce que vous savez ?

— Madame, je sais qu'il ne lui est rien arrivé. Seulement, il est venu pour un moment ce matin, et quand il a vu la maison en feu, et qu'il n'a pas pu savoir ce que vous étiez devenus tous, il a eu un gros chagrin. Alors, j'ai demandé aux voisins, aux concierges, où était sa caisse, et comme on était bien tranquille, j'ai été, tout par petits bouts, me disant : Si je ne peux pas passer, je reviendrai, mais j'aurai tout de même essayé!

— Comment tu as fait ça mon garçon?

— Oui maman; je vous assure que ce n'était pas du tout difficile.

— Oh ! mon petit Léopold, je n'oublierai jamais ce que vous avez fait là ! Êtes-vous arrivé jusqu'à mon mari?

— Oui, madame; je lui ai tout raconté, et le voilà bien tranquille. Je lui ai appris que vous aviez pu sauver tout ce qui était le plus précieux, et que vous étiez chez nous tous les quatre, et bien portants.

— Mon cher mari! voilà donc qu'il est rassuré, sur nous tous !

— Madame, il m'a dit de vous dire que vous attendiez qu'on soit bien calme pour aller chez votre sœur, et qu'il irait vous rejoindre là, aussitôt que cela lui serait possible; il pense que ce sera demain. »

Le récit de Léopold avait été fait d'une voix bien déterminée; et pendant qu'on l'embrassait, que Françoise pleurait de joie, et Titine de peur, lui semblait avoir fait une chose toute simple, et racontait en riant les petites aventures, nullement dangereuses, qui lui étaient arrivées en route. S'apercevant que sa sœur était tout en larmes, il se leva vivement, et alla s'asseoir auprès d'elle :

« Pourquoi pleures-tu?

— Parce que je pense que tu es parti sans me le dire et que tu aurais pu être tué!

— Mais, ma petite sœur, si je te l'avais dit, je ne serais pas parti, parce que tu m'aurais retenu par ma blouse. Quant au danger, il n'y en avait plus. Allons, embrasse-moi, et ne sois pas fâchée. »

La douce petite fille embrassa son frère et la paix fut ainsi faite.

« Tu as vu papa? dit-elle alors, en souriant.

— Oui, je l'ai vu et il a été bien content; il espère venir ici demain soir.

— Quel bonheur! » s'écrièrent ensemble la femme et la fille de Berthuis.

Après avoir longtemps parlé de la course hardie de l'enfant, on songea au déjeuner; et comme les cœurs étaient soulagés, sur les points les plus importants, il se trouva que tout le monde mourait de faim.

La circulation étant rétablie dans la rue, Mme de Langrune eut la satisfaction de pouvoir contribuer au repas, et ce fut encore Léopold qui, de plus en plus en train, alla chez le boulanger et chez le charcutier, seules ressources qu'il y eût encore. On aurait voulu se procurer quelques bouteilles de vin ; mais la chose étant impossible, on se mit à vanter les charmes de l'eau fraîche, et l'on déjeuna copieusement et de fort bonne humeur.

Chaque heure qui s'écoulait rendait la situation générale moins inquiétante. Le canon grondait toujours, et l'on savait encore peu de chose sur ce qui se passait dans les quartiers où s'était pleinement organisée la résistance. Néanmoins, le succès était assuré, et l'on n'en doutait pas, tout en déplorant les sacrifices que nécessitait cette terrible lutte. Tout faisait présager que le lendemain, on pourrait se rendre, sans aucun péril, chez Mme de Tilly, et que M. de Langrune y retrouverait sains et saufs sa femme, ses enfants et ses serviteurs, surtout cette bonne vieille Françoise, qui était presque de la famille.

On se demandait souvent ce qu'avaient pu devenir Joseph et sa femme, l'effroi de Jeannette compliquant beaucoup les choses. Mme de Langrune n'était pas sans inquiétude à ce sujet, et elle appelait de tous ses désirs l'heure de la délivrance. Toutefois, cette captivité passagère était aussi douce que possible. Mme Berthuis ne s'occupait que du bien-être de ses hôtes, s'excusant à chaque instant de ce qui leur man-

Léopold alla chez le boulanger et chez le charcutier.

quait, ou de ce qui était trop contraire à leurs habitudes. On avait fait plus intimement connaissance; Françoise avait été se distraire en causant avec les voisins, et s'était de plus en plus convaincue que l'estime la mieux méritée entourait les Berthuis.

La veuve, qu'on appelait Virginie, aimait particulièrement sa compatissante voisine; elle la voyait tout les jours, et savait au juste quel était le fond de ses préoccupations. Elle apprit à Françoise que la santé de sa petite Ernestine était tout aussi menacée que celle de sa sœur aînée, au même âge. Demeurant dans les conditions qui avaient été fatales à Adèle, le père ne doutait pas que cette aimable enfant ne lui fût bientôt enlevée par le même fléau; il dissimulait une partie de ses craintes, en présence de sa femme; mais celle-ci, tout en ne se décourageant jamais, redoutait elle-même en secret de voir grandir sa petite Ernestine. Le souvenir d'Adèle était toujours là, comme un avertissement douloureux.

Françoise redisait à sa maîtresse tout ce qu'elle apprenait par ces entretiens, et Mme de Langrune, le cœur ému de reconnaissance envers l'honorable femme dont elle partageait momen-

tanément la vie, songeait aux moyens de pré-
venir le mal si justement redouté, et de conserver Ernestine à ses parents.

Toute cette journée se passa, comme la précé-
dente, à travailler, à lire, à chercher des nouvelles; c'étaient le continuel besoin de tous, et
ce qu'on apprenait apportait toujours quelque
nouvel effroi. Massacres, incendies, étaient à
l'ordre du jour; et l'on n'avait jamais vu pareil
trouble et pareille résistance. Léopold, tout
occupé des événements, était le petit colporteur
de nouvelles. Sans cesse il était au guet, pour
voir et entendre ce qui se faisait et ce qui se
disait dans la rue; puis il allait de temps en
temps faire la chaîne à la Croix-Rouge; et,
l'esprit français aidant, Alfred et lui trouvaient
encore moyen de se distraire en écoutant les
singulières réflexions de la foule, les naïvetés,
les réparties, et tout ce verbiage mêlé, malgré
tout, de plaisanteries, qui est le propre du
peuple parisien.

Une autre distraction, c'était de lire ensemble
l'histoire des naufrages. Alfred, qui avait souvent
dit, au coin du feu : « Je veux être marin! »
commençait à douter de sa vocation. Léopold
était ravi; plus les situations devenaient péril-

leuses, plus il tenait à ne pas interrompre sa lecture. Et pourtant sa mère le mettait souvent à l'épreuve, car c'était sur son fils qu'elle comptait pour l'aider en tout ce qui demandait force, adresse et bon courage.

On arriva ainsi jusqu'au soir de cette seconde journée, et l'on se coucha, espérant que le lendemain, vendredi, réunirait chaque père de famille à ce qu'il avait de plus cher.

Le quartier étant effectivement libre, rien ne s'opposa plus au départ de Mme de Langrune, et il fut résolu que, dans l'après-midi, la famille s'en irait chez Mme de Tilly, où devait la rejoindre M. de Langrune.

Mme Berthuis et Léopold voulurent absolument les accompagner un bout de chemin, pour aider à porter les sacs de voyage, et tout ce qu'on avait pu sauver; et puis, disait l'excellente femme, « pour ne pas vous quitter si tôt, car on a pris l'habitude d'être ensemble, et ça semblait bon. »

La mère dit à Ernestine de monter chez Virginie dès qu'elle aurait fini de ranger, et l'on partit.

Sur le parcours, rien que des désastres attestant la lutte; on avançait sans obstacle, mais avec un continnel serrement de cœur. Alfred

causait avec Léopold, et tournait sans cesse la
tête pour regarder, soit les traces d'un incendie,
soit les dégâts causés par les obus. Tout à coup,
il heurte du pied contre une pierre et tombe rudement. Un cri échappe à tous ses compagnons
de route; sa mère s'élance vers lui, l'aide à se
relever, mais reconnaît qu'il s'est donné une entorse, et qu'il lui est impossible de marcher.
Comment faire?

On était encore loin du but, aucune voiture ne
circulait. Si M. de Langrune arrivait chez
Mme de Tilly sans y trouver son monde, il aurait encore une vive inquiétude jusqu'à ce que
lui-même pût se rendre à l'adresse indiquée par
Léopold. Et puis Joseph? Jeannette?...

« Croyez-moi, dit Mme Berthuis, continuez
votre chemin, ma chère dame, et, à nous deux
Popol, nous allons soutenir M. Alfred par les
deux bras et le ramener chez nous, cela ne demande pas plus de cinq minutes. Pour une entorse, c'est du repos qu'il faut et de la patience,
soyez sans inquiétude, le chemin est libre, vous
pourrez venir le voir, et aussitôt qu'on trouvera
des voitures, vous viendrez le chercher. »

Il s'était établi entre les deux familles tant de
confiance, qu'on n'hésita pas à accepter cette se-

conde hospitalité. Alfred embrassa sa mère; il
avait de la peine, mais c'était de quitter les
siens, et non de revenir dans la maison des
braves gens. Marie, dont le bon petit cœur ne
royait plus au monde que le pauvre pied de son
rère, pleura pour tout de bon en lui disant
.dieu.

« Ce n'est pas pour longtemps, Marie, il ne
aut pas te désoler. Tu vas embrasser papa la
remière, toi! »

Françoise, tiraillée entre ses affections, souf-
rait le martyre de ne pouvoir suivre Alfred, et
l'aurait voulu pour rien au monde, laisser
fme de Langrune et sa fille seules dans ces
ues presque désertes, et portant sur elles tant
le valeurs en papier, en or et en diamants. Elle
e tira d'affaire en grondant Alfred de ce qu'il
ie savait pas marcher sans se jeter par terre,
omme quand elle lui apprenait à faire ses pre-
niers pas, et lorsqu'elle eut à peu près tout dit,
n se sépara bien à regret, en se promettant de
se revoir bientôt.

Mme Berthuis et son fils soutinrent Alfred de
eur mieux, mais il ne pouvait appuyer qu'un
pied, l'autre lui faisait beaucoup de mal, et dès
que sa mère ne fut plus à portée de le voir en se

détournant, il déclara qu'il ne pouvait **plus**
avancer.

« Attendez, dit avec assurance Léopold, nous
allons vous porter. »

Il entrelaça ses mains avec celles de sa mère,
fit asseoir Alfred sur ce siège improvisé, et tous
deux, faisant grand effort, continuèrent leur
chemin.

Comme on rentrait dans la rue du Four et **que**
les forces commençaient à s'épuiser, Léopold
aperçut le bon voisin, celui qu'on appelait familièrement le père Navaux; il allait acheter **du**
pain pour son souper. Léopold l'appela, il se retourna et voyant l'embarras de ses amis, il dit :

« Donnez-moi ce petit jeune homme; on a
beau être un vieux, on a encore des bras et **du**
jarret; je m'en vais le monter chez vous. »

Ce fut un grand soulagement pour Mme Berthuis et son fils; Alfred lui-même se trouvait
mieux dans les bras du petit vieillard sec et
nerveux, que sur le siège de circonstance qu'on
lui avait si cordialement offert.

Il monta jusqu'au premier étage. Ernestine,
qui rangeait encore, fut bien étonnée de revoir
le pauvre Alfred, passagèrement réduit à l'immobilité. On remercia le père Navaux, et

Mme Berthuis installa son hôte sur le lit de son fils, qu'elle mit dans la première chambre, pièce d'honneur, et beaucoup plus confortable et plus gaie que la seconde.

Acceptant alors le rôle d'infirmière, la digne femme déchaussa l'enfant, et comme elle avait entendu dire que la suie était un excellent remède contre les entorses, elle prit tout ce qu'elle en pût trouver dans sa cheminée, en râclant avec la pelle, et se servant des compresses et des bandes que les deux petites filles avaient cru préparer pour un tout autre usage, elle entoura soigneusement le pied malade, et ne chercha ensuite que le moyen de distraire l'esprit du cher enfant, et de ne pas lui donner un trop mauvais dîner.

Alfred était touché de tant de soins, d'attentions, de bonté. Mme Berthuis ne paraissait embarrassée de rien, et pourtant, la présence du petit garçon compliquait tout dans cet intérieur pauvre et étroit. Elle se souvint qu'elle possédait des gravures qu'on ne prêtait presque jamais aux enfants tant on les respectait; mais ce pouvait être une façon de désennuyer le prisonnier. On les étala donc sur son lit, et ce fut pour lui un passe-temps. De son côté, le bon père Navaux imagina qu'un vieux damier, qu'il gardait comme une relique, amuserait Alfred, et il descendit pour le lui offrir. Ce damier fut en effet d'une grande ressource : Alfred fut le professeur de Léopold et de sa sœur, qui n'avaient jamais joué aux dames. Maître et élèves furent contents les uns des autres, et l'on fit quantité de parties, sans oublier de jouer à *Qui perd gagne*, ce qu'Ernestine trouva deux fois plus amusant!

Mme Berthuis se donna beaucoup de peine pour faire dîner convenablement le petit étranger. Les boutiques se rouvrant peu à peu, elle se procura une côtelette pour Alfred, de quoi faire un ragoût de mouton pour tout le monde, et une bouteille de vin destinée aux enfants, disant :

« Moi, je n'en ai pas besoin, et j'aime beaucoup l'eau fraîche! »

On dîna de bon appétit; Alfred prenait son parti de sa mésaventure, sachant qu'il était séparé pour très peu de temps des siens, et se voyant l'objet des soins les plus assidus.

Après le repas, Léopold alla comme à l'ordinaire faire un tour dans les rues adjacentes, pour apprendre quelques nouvelles et les

apporter à sa mère. Dix minutes après, il montait l'escalier comme un petit cheval échappé,
et ouvrait la porte en criant :

« Papa! »

Le brave homme fut reçu comme il méritait
de l'être ; il embrassa tout son monde, et salua
le jeune étranger. Quelques mots de sa femme
le mirent au courant de la situation, et il se
montra aussi poli, aussi gracieux, aussi affable,
qu'on pouvait s'y attendre de la part d'un
homme de sa condition, dont les sentiments
étaient honnêtes et délicats. Alfred, fatigué et
souffrant, ne tarda pas à s'endormir, pendant
que Berthuis et sa femme se racontaient mutuellement l'histoire de ces quatre jours d'angoisses. On lui avait fait une sorte de petite
chambre avec un vieux paravent. On dédoubla
le lit d'Ernestine, et les trois enfants se plon-
gèrent dans un paisible sommeil pour jusqu'au
lendemain matin.

V

Chez madame de Tilly

Le voyage fort court de Mme de Langrune s'était effectué sans encombre, bien qu'elle eût le cœur attristé de l'accident arrivé à son fils. En entrant chez sa sœur, ou du moins dans son appartement, car Mme de Tilly était absente depuis les premiers jours de la Commune, elle fut reçue par le fidèle serviteur qu'on avait laissé à Paris, et il mit aussitôt à sa disposition toutes les clefs de la maison.

Mme de Tilly était une veuve sans enfants, et son isolement avait encore resserré les liens naturels qui unissaient les deux sœurs. Mme de

Langrune savait donc que, dans la détresse où elle se trouvait, par suite de l'incendie, elle pouvait agir chez sa sœur comme si elle eût été dans sa propre maison. En conséquence, le domestique de confiance ne s'étonna point de voir la vieille Françoise ouvrir les armoires, et y prendre tout ce qui était nécessaire.

Le premier soin de Mme de Langrune fut de s'informer de son mari; mais il n'avait pas encore paru. Elle demanda alors des nouvelles de Joseph qui, au même moment, accourait, heureux de revoir sa maîtresse qu'il aimait et respectait.

« Et Jeannette? Qu'en avez-vous fait?

— Ah madame! J'ai cru ne jamais pouvoir l'emmener. Dans les rues les plus tranquilles, elle se figurait qu'on allait la tuer. La peur l'a rendue malade; je l'ai laissée en passant chez sa cousine, et elle s'est couchée en arrivant, ne pouvant plus surmonter sa frayeur.

Mme de Langrune eut grand'pitié de cette faiblesse d'organisation, et excusa Jeannette qui, dans les circonstances graves, perdait la faculté de raisonner. »

« Laissons-la se reposer chez sa cousine, dit-elle, jusqu'à ce qu'on n'entende plus le triste bruit du canon ; alors vous irez la chercher, et sa tête se calmera peu à peu. »

Françoise ne prenait pas aussi paisiblement son parti des peurs de Jeannette, et se montrait plus sévère.

« Quand j'étais au bras de mon pauvre mari, disait-elle, je n'avais peur de rien parce que je me fiais à lui du soin de me conduire. Un homme voit plus clair qu'une femme, quand il s'agit de se tirer d'affaire dans le gâchis. »

Après avoir ainsi fait le procès à Jeannette, elle alluma le feu pour faire cuire la viande qu'elle avait achetée chemin faisant, et composa le mieux qu'elle put un menu de circonstance. Joseph s'empressa de servir ses maîtresses, tout en regrettant de ne pas revoir l'enfant qui était la joie de la maison. Il apprit, avec un intérêt plein d'attendrissement, le danger qu'on avait un instant couru, et le secours qui en même temps était venu assurer la paix sous un toit béni.

Joseph recherchait à chaque moment Françoise, afin d'apprendre d'elle le plus de détails possible sur l'hospitalité offerte avec tant de franchise, et acceptée avec tant de reconnaissance. Lui aussi aimait ces braves gens qui avaient sauvé la vie de ses maîtres, et avaient si volontiers fait plusieurs parts du peu qu'ils possédaient. Il aurait voulu être déjà au lendemain pour qu'on l'envoyât prendre des nouvelles d'Alfred, afin de voir, non seulement son jeune maître, mais Mme Berthuis, Léopold et Ernestine, car déjà il connaissait chacun par son nom.

Mme de Langrune et sa fille finissaient de dîner lorsque M. de Langrune arriva, les bras ouverts, pour y recevoir sa femme et son enfant. On le rassura aussitôt sur Alfred, dont l'indisposition n'avait rien d'inquiétant, et il put se livrer au bonheur indicible de se revoir tous, après de longues et cruelles émotions.

Marie, si tendre et si expansive, ne pouvait détacher son regard de ce bon père qu'elle n'avait pas vu depuis quatre jours. On parla des santés, des dangers courus, des protections providentielles; puis enfin on aborda, à regret, le chapitre par lequel avaient commencé toutes ces aventures périlleuses. Ce fut Marie qui, ne se faisant pas une idée bien juste de ce qui était arrivé, dit naïvement :

« Papa, est-ce que nous sommes ruinés par l'incendie?

— Oui, sur un point, ma chère enfant; notre installation à Paris est absolument détruite; mais il faut se résigner au fléau qui nous frappe, car beaucoup d'autres sont bien plus malheureux que nous. Il nous reste tout ce que ta mère a sauvé, c'est-à-dire le moyen de réparer nos pertes, puis notre belle campagne, où tu te trouves si heureuse pendant l'été. »

Marie fut toute contente de ce que lui disait son père; car elle avait eu peur de tomber dans une position qui eût ressemblé, même de très loin, à celle de Léopold et d'Ernestine. Les privations, l'exiguïté de la demeure, la pauvreté des vêtements, la frugalité de la nourriture, tout cela lui apparaissait pour la première fois dans sa réalité, et elle se rassurait en pensant que le malheur de ses parents n'était pas irréparable. Cependant, elle ne pouvait s'empêcher de regretter, au fond du cœur, les plus aimés de ses jeux : sa ruine personnelle lui était fort sensible, car à onze ans, on regarde comme partie essentielle du bien-être, de très petits objets dont nul, autour de soi, n'apprécie la valeur.

Monsieur de Langrune, loin de ne voir que ses propres épreuves dans le désastre affreux

du moment, ne s'appesantit pas sur ses pertes,
mais engagea avec sa femme, pendant le repas
qu'il prenait seul, un entretien des plus intéressants et des plus émouvants, sur les principaux
évènements venus à sa connaissance.

En ces jours, dont la France ne perdra jamais
la triste mémoire, les faits qui se passaient à
dix minutes de distance étaient le plus souvent
inconnus aux habitants renfermés dans leurs
maisons. Mme de Langrune ne pouvait parler
que du fléau qui l'avait atteinte elle-même dans
ses biens, des barricades les plus voisines en-
levées avec tant de courage, et au prix de tant
de sang, des incendies de la Croix-Rouge, dont les
premières maisons devaient brûler longtemps,
et s'effondrer peu à peu.

Mais M. de Langrune avait à raconter quantité d'épisodes de cette lutte acharnée. En se retirant du faubourg Saint-Germain, après une
résistance inouie, les insurgés avaient laissé sur
la rive gauche de la Seine les marques venge-
resses de leur pouvoir sauvage. Les flammes dé-
voraient le Conseil d'État, la Cour des comptes,
le palais de la Légion d'honneur, la caisse des
dépôts et consignations, quantité de maisons
particulières. De l'autre côté du fleuve, la rue

Royale, le Ministère des finances, le Palais des
Tuileries, une partie du Louvre et de la rue de
Rivoli, le Palais-Royal, l'Hôtel de ville, le Palais
de justice, la Préfecture de police, etc., etc.
Mme de Langrune était saisie des sinistres nouvelles que lui donnait son mari. Réduite depuis
deux jours au très petit cercle de Mme Berthuis,
elle avait ignoré le mouvement général, l'effroyable danger qu'avait couru Paris tout entier,
et aussi les premiers sacrifices des otages,
illustres victimes immolées le mercredi 24 mai.
Elle se troubla, et les larmes qu'elle avait eu la
force de ne pas verser sur ses propres malheurs,
elle les laissa tomber sur les plaies sanglantes
faites à son pays.

Marie pleurait en voyant pleurer sa mère, et
demandait naïvement pourquoi on avait fait tant
de mal? Françoise, tout en aidant Joseph à servir
son maître, ne pouvait croire aux paroles qu'elle
entendait, et se trouvait bien heureuse d'avoir
échappé à tant de maux, dont elle n'avait pu
mesurer l'étendue.

A la fin de tous ses récits, le bon père ne manquait jamais de regretter Alfred, par une de ces
exclamations qui partent du cœur. Il n'était pas
inquiet de lui; mais sa présence lui manquait

dans ce premier moment où il se retrouvait en famille. Le malheur de tous avait encore resserré les liens, on sentait un immense besoin d'être entouré de ceux qu'on aimait.

Cependant, lorsque Marie fut couchée, M. et Mme de Langrune passèrent de longues heures dans ce sérieux tête à tête, où ils refirent, l'un pour l'autre, et sans en rien passer, la douloureuse histoire des émotions éprouvées, des pertes consommées, des craintes qui restaient encore; car l'effroyable lutte durait toujours. Tous deux étaient montés ensemble dans une chambre haute, d'où l'on voyait se dérouler à l'horizon le lugubre tableau de Paris dans les convulsions de sa dure agonie. De loin, les distances se rapprochant, la ville offrait de tous côtés des masses rougeâtres, d'où s'élevaient par instant des colonnes de flammes, gigantesques flambeaux que le génie du mal semblait avoir allumés pour éclairer un drame sanglant. Les points que l'incendie dévorait ne pouvaient être exactement appréciés par le regard. Tous ces monuments, témoins du passé de la France, paraissaient s'amoindrir et tomber dans une sorte de fournaise, et ces lueurs sinistres se projetaient sur cette nuit horrible, où tant de crimes

Tous deux étaient montés ensemble dans une chambre haute.

se consommaient, où tant de vies allaient
s'éteindre.

Ici, c'était la paix, cette paix triste et incer-
taine d'une ville qu'on arrache pied à pied à ses
destructeurs; mais là-bas, vers l'est de Paris,
les derniers désespoirs inspiraient aux insurgés
des pensées terribles; leur résistance devenait
de la fureur. Beaucoup d'entre eux auraient
crié grâce, et jeté les armes; mais leurs intré-
pides chefs les contraignaient à la défense
opiniâtre, inutile, les vouant à la mitraille,
plutôt que de fléchir. Ils tombaient par milliers,
et en face d'eux l'armée, non d'une ville, mais
de la France, perdait son sang pour sauver cette
vieille Lutèce, devenue par la durée des siècles,
le rendez-vous de tous les peuples du globe et
la capitale du monde.

M. et Mme de Langrune contemplaient encore
à minuit cette effrayante scène et frémissaient
d'horreur. Pourtant, ils restaient là, retenus
par cet intérêt puissant qui nous attache aux
grandes choses, même quand ces choses nous
inspirent à la fois horreur et pitié. Pas un
instant de silence; les bouches à feu ne ces-
saient de vomir; une pluie de balles retombait
sans relâche sur les derniers retranchements

des insurgés; c'était la mort, aux mille faces, qui venait de partout, annoncée par les sinistres voix d'une artillerie formidable, mais prenant toutes les formes pour en finir avec deux masses d'hommes qui étaient là sur le terrain, ayant l'histoire pour témoin de leur effroyable duel.

Bientôt, l'un des adversaires allait être, sinon tué, du moins mis hors de combat.

Quand M. et Mme de Langrune se décidèrent à quitter enfin la chambre haute, pour chercher un peu de repos, les grandes lueurs des incendies pâlissaient aux clartés du jour, et la lutte des armes se concentrait dans un cercle restreint. Ce n'était plus qu'une question de sacrifices et de temps; la victoire restait à l'armée de la France.

Au bruit du canon, la petite Marie s'était endormie bien tranquille, parce que son père et sa mère lui avaient assuré qu'elle n'avait rien à craindre. Elle s'était dit, dans sa confiance enfantine.

« Que pourrait-il m'arriver? Rien puisque papa et maman sont là! »

Françoise, qui couchait dans la chambre de Marie, avait fini par s'endormir, elle aussi, tant elle était lasse d'avoir pensé, d'avoir craint, d'avoir éprouvé les tourments de l'inquiétude. Les récits de son maître l'avaient accablée; les dernières nouvelles qui, le soir même, circulaient lui avaient inspiré une tristesse profonde, et comme toutes les âmes généreuses, elle se disait :

« Nous sommes sauvés, mais à quel prix! quels flots de sang! »

Puis le massacre des otages se détachait de toutes ces horreurs, et planait au-dessus, comme si l'enfer eût dicté, entre ces pages sinistres, une page plus sinistre encore. Six avaient été fusillés au milieu des vociférations de la haine, et le nombre était loin d'être complet.

Françoise ne savait pas que, pendant qu'elle allait dormir, cinquante-quatre seraient encore passés par les armes, et le lendemain quatre de plus; elle ne savait pas qu'un nombre beaucoup plus élevé attendaient la mort à la prison de la Roquette, et ne seraient délivrés, par nos braves soldats et nos hardis marins, qu'après quatre jours d'une affreuse agonie. Du peu que connaissait la pauvre vieille servante, elle concevait une juste horreur. Parmi les noms des victimes, il y en avait qui lui causaient une sorte de

terreur religieuse, car elles n'avaient été immolées, celles-là, que parce que leur bouche
avait parlé de Dieu.

Cependant, la fatigue d'un corps usé et vieilli
l'avait emporté sur l'agitation de la pensée, sur
les plaintes du cœur, et la fidèle Françoise
dormait auprès de Marie.

Le samedi 27 mai, les derniers efforts de l'insurrection recevaient de l'armée une attaque de
plus en plus énergique; et pendant que les
batteries de Montmartre écrasaient Belleville,
les Buttes-Chaumont et le Père-Lachaise, où
s'étaient réfugiés les insurgés, le bon Joseph se
levait, tout heureux d'aller, selon les ordres
qu'il avait reçus la veille, chez Mme Berthuis,
savoir ce qu'il en était du pied d'Alfred, et lui
porter un bon déjeuner, assez copieux bien
entendu pour toute la famille.

Il partit de bonne heure, un panier à la main;
ce panier contenait du veau froid, des légumes
cuits, qu'il suffirait de réchauffer, des mendiants,
et deux bouteilles de bon vin, prises dans la
cave de Mme de Tilly.

Il arriva sans le plus léger obstacle à la vieille
et pauvre maison que lui avait indiquée sa
maîtresse. Il monta l'escalier obscur, et frappa

à la porte du logement où la famille de Langrune venait de passer deux jours et deux nuits,
si paisibles, tout près de la tempête.

. Ils étaient déjà levés, les braves gens, et
Mme Berthuis s'était hâtée de mettre en ordre
la pièce principale, afin qu'Alfred s'y trouvât
bien. Joseph salua toute la famille, comme
étant déjà connu, et effectivement les enfants
avaient souvent parlé de lui ensemble. Alfred, en
le revoyant, donna des signes de joie, et demanda
tout d'abord des nouvelles de son père. On en
avait bien long à dire, et l'on en dit bien long!
Quant au pied malade, il exigeait l'immobilité et
se refusait absolument à la marche.

Le brave Berthuis plut tout d'abord à Joseph;
ces deux hommes étaient faits pour s'entendre;
ils se donnèrent mutuellement des marques
d'estime et de sympathie et Léopold, ainsi que
sa sœur, les écoutait causer, ne perdant pas une
seule de leurs paroles.

Un mot avait frappé Alfred et l'avait même
distrait de toute autre pensée.

« Monsieur va venir, avait dit Joseph.

— Comment je vais revoir papa? répétait à
chaque instant Alfred, quel bonheur! »

Mais le bon Joseph remarquait qu'Ernestine

toussait à tout moment; il demanda si elle était enrhumée.

« Dame, faut le croire, répondit tristement la mère; mais c'est un rhume qui ne finit pas, c'est bien ennuyeux!

— Et bien fatigant pour votre petite demoiselle, reprit Joseph. »

Et comme la mère et la fille étaient allées pour un moment dans la seconde chambre, le pauvre père s'approcha de Joseph, et lui dit tout bas.

« C'est le rhume qu'avait sa sœur, ma pauvre Adèle! Il n'a jamais passé celui-là! Il en sera de même pour Titine. »

La mère et la fille rentrant, on parla d'autre chose, et Joseph saisit ce moment pour ouvrir son panier et en déposer le contenu sur la table. Les trois enfants furent tout simplement enchantés, et Alfred particulièrement ne pouvait se lasser de regarder, non pas le joli déjeuner, mais les visages épanouis de Léopold et d'Ernestine.

« Faites bien attention, madame Berthuis, dit Joseph, je suis porteur d'ordres que je dois exécuter, et cela dépend de vous; ne me faites pas avoir de désagréments avec mes maîtres.

— Qu'est-ce qu'il y a donc, monsieur Joseph?

— Il y a que ce déjeuner doit servir ce matin pour tout le monde, et qu'il n'en restera rien, mais rien du tout, si ce n'est quelques rognures de veau pour le gros minet de Mme Réthel. »

Les enfants se mirent à rire et s'étonnèrent de ce que Joseph connût déjà la précieuse existence du respectable angora.

« Je sais tout, dit le bon serviteur, et je vous dirai même qu'en passant devant une boucherie, j'ai pris deux sous de mou pour votre pensionnaire, de la part de Mlle Marie.

— Oh! qu'il va être content! s'écria Ernestine, tout aussitôt distraite de sa pénible toux. Maman, si je montais tout de suite pour le régaler plus tôt?

— Non, ma fille, tu iras tout à l'heure chercher le chat, et monsieur Alfred aura la jouissance de le voir faire fête au cadeau de mademoiselle Marie. De cette manière, tout le monde s'en amusera.

— Oui, maman, ce que vous dites est toujours mieux; nous ferons comme cela. »

Alfred voulut que Léopold fît voir à Joseph comment Mme Berthuis avait su tirer parti de son étroit logement, et donner d'une façon si aimable l'hospitalité aux pauvres fugitifs. Le bon serviteur reconnut tout ce qu'il y avait de secourable et de dévoué dans ce cœur d'élite, caché sous des dehors si simples; il comprit qu'elle était l'âme de cet intérieur et le soutien de tout son entourage.

Après avoir écouté et raconté, Joseph se leva et prit congé d'Alfred et de toute la famille. Au moment de se retirer, il se souvint qu'il n'avait pas fait une des commissions de sa maîtresse.

« J'allais oublier, dit-il, voici un petit paquet que je suis chargé de remettre à Mme Berthuis pour M. Navaux, qui a l'habitude de la pipe, à ce qu'il paraît; et voici une pièce de vingt francs avec laquelle vous achèterez pour la pauvre veuve de quoi la réconforter un peu, elle et ses petits enfants. En outre, madame envoie cinq francs à une femme qu'elle a vue chez vous et qui n'est pas heureuse.

— Remerciez bien votre dame, monsieur Joseph, je suis touchée de sa bonté pour les locataires qui m'entourent et je me ferai avec bonheur son interprète auprès d'eux. »

Il sortit, accompagné par Léopold, qui lui prenait le bras familièrement et le comptait déjà comme un ami de plus.

« Ah! qu'on a donc raison de dire : Tel maître, tel valet, s'écria Mme Berthuis, voilà un brave homme; ça se voit au premier coup d'œil, ça a le cœur sur la main.

— C'est vrai, dit Alfred, Joseph est un excellent homme et un très bon domestique; mes parents tiennent tant à lui qu'ils consentent à garder sa femme comme cuisinière, malgré son caractère difficile et son esprit borné. Elle est habile, Jeannette, mais son humeur laisse beaucoup à désirer.

— Cela doit mettre le trouble dans votre maison, monsieur Alfred?

— Oh! ces petites querelles ne sortent pas de l'office; et Françoise est si bonne que, après avoir dit sa façon de penser, elle ne se fâche jamais. Quant à la femme de chambre, elle n'a que vingt ans et elle est très douce, ce qui évite les discussions.

— Elle ne s'est donc pas sauvée en même temps que vous? demanda Léopold.

— Non, elle a échappé à la commune par un congé que lui a donné ma mère pour aller soigner son père, qui est malade en Anjou. »

Après avoir ainsi causé un moment, on convint, entre enfants, qu'il fallait faire descendre le chat afin de jouir de son parfait contentement en présence de deux sous de mou; toutefois,

Mme Berthuis, la prudence même, commença
par couper le morceau en deux, de peur de voir
le gros minet mourir de bonheur et d'indigestion.

Le brave Berthuis s'amusa à regarder les
trois enfants pendant le festin; il n'y manqua
ni l'appétit, ni le plaisir. Minet se confondit en
ron ron et en révérences, faisant le gros dos,
se frottant aux jambes de Léopold, croquant à
droite, à gauche, partout, savourant le précieux
envoi de Marie, et lui disant merci par procu-
ration en caressant toute la compagnie.

Mme Berthuis, toujours délicate, envoya chercher le bon père Navaux pour laisser à Alfred
le plaisir de lui offrir lui-même le tabac à fumer
que lui donnait Mme de Langrune. Le bonhomme se fit attendre un moment, car il voulait
faire un bout de toilette, comme il disait, avant
de se présenter devant le petit monsieur.

Ce bout de toilette consistait à ôter son vieux
tablier de cuir et à se laver les mains, ce qui
n'avait jamais réussi, car elles restaient noires
après, tout comme auparavant.

Il fut bien touché de l'envoi de Mme de Langrune; et sa figure maigre et ridée s'illumina
d'un sourire qui ne manquait ni de bonté, ni de
finesse. Berthuis fut charmé de la satisfaction de

son voisin, et tous deux convinrent que quand
on aurait tiré le dernier coup de canon, ils se
donneraient la joie tranquille de fumer une fameuse pipe en passant la soirée ensemble.

Quant aux dons que Mme de Langrune faisait
par les mains de Mme Berthuis, celle-ci pro-
céda tout autrement, et monta chez ses voisines pour remettre à l'une cinq francs, et à
l'autre la pièce d'or.

Quand elle redescendit, Ernestine lui demanda
comment elle avait été reçue.

« Comme je m'y attendais, répondit-elle. »

Elle se mit à narrer fort rapidement ce qui con-
cernait la voisine qu'on appelait Mme Bazile. Il
était clair pour Berthuis et ses enfants que cette
femme vulgaire, et habituée à étaler sa misère
chaque fois qu'elle en trouvait l'occasion, avait été
émue de jalousie en pensant que l'étrangère
s'était probablement intéressée à Virginie plus
qu'à elle, malgré les savantes pantomimes auxquelles on l'avait vue recourir. Effectivement, elle
était peu digne d'intérêt, ne cherchant pas à lutter contre la pauvreté par un travail assidu, et
préférant tendre la main quand les circonstances
s'y prêtaient, plutôt que de se suffire à elle-même.

La douce Virginie avait été touchée jusqu'aux

larmes de la bonté de Mme de Langrune, et s'était écriée tout aussitôt :

— Mes chers petits enfants, voilà notre nourriture assurée pour quinze jours; il faudra, ce soir, dans votre prière, dire un « Je vous salue Marie » pour la dame, et aussi pour Mme Berthuis, car c'est elle qui lui a parlé de nous. »

Alfred écoutait sans interrompre. Tout à coup, il prit la parole :

« Comment, Mme Berthuis, vingt francs peuvent nourrir pendant quinze jours une femme et deux petits enfants.

— Il le faut bien, monsieur Alfred, quand la nécessité est là. Et, croyez bien que ces quinze jours ne seront pas les plus durs à passer. Virginie a compté avec moi qu'elle aurait à peu près un franc trente-cinq centimes à manger entre trois. Cela nous suffira, a-t-elle dit. Les enfants auront ce qu'il faut, et moi, j'ai depuis longtemps l'habitude de manger si peu! Cette dame me fait grand bien; elle m'aide à passer la crise; puis le travail reprendra et je gagnerai, s'il plaît à Dieu, le pain quotidien. »

Alfred avait le cœur serré; il n'avait jamais vu de près la pauvreté réelle, entourée d'un cadre honorable; il ne savait pas ce que peut souffrir une veuve, une mère, dont les enfants sont au moment de manquer de pain. Il n'osa rien dire parce que le milieu où il se trouvait le gênait, mais il se proposait de raconter à Marie, quand il la reverrait, ce qui venait de se passer chez Virginie.

Joseph avait annoncé pour midi la visite de M. de Langrune. Mme Berthuis voulut donc faire déjeuner son monde de bonne heure, afin de recevoir le père d'Alfred plus convenablement.

Cette fois, la table suffit aux quatre convives, et l'on servit Alfred sur le petit lit qu'il occupait dans la première chambre et qui était celui de Léopold.

Mme Berthuis, heureuse de voir son bon mari en face d'elle, fit honneur au déjeuner de Mme de Langrune, et il y eut un peu de joie entre tous ces bons cœurs si dignes de s'apprécier mutuellement.

VI

La supplique

On se figure aisément la joie d'Alfred en revoyant son père, après tant de péripéties. Ils res-
tèrent un moment dans les bras l'un de l'autre,
comme si de longs jours s'étaient écoulés depuis
leur dernière entrevue. M. de Langrune serra
bien affectueusement les mains des braves gens
qui lui avaient sauvé toute sa famille; il leur
parla avec cette vraie bonhomie de l'homme du
monde, qui met à l'aise et ne laisse voir que
son affabilité.

Le pied du petit garçon allait de mieux en
mieux, grâce à l'immobilité et peut-être aussi

grâce à la suie, car Mme Berthuis, allait, râclant dans sa cheminée, aussi haut que sa pelle, au bout de son bras, pouvait atteindre. Il fallait prendre patience encore vingt-quatre heures, et M. de Langrune espérait se procurer une voiture et venir chercher son fils. Quel bonheur de se retrouver tous sous le toit de Mme de Tilly!

Pendant qu'on causait avec abandon et confiance, on frappa à la porte.

« Entrez, » dit Mme Berthuis.

Une femme éplorée entra aussitôt; c'était encore Mme Bazile qui, toujours au guet, avait vu monter le père d'Alfred, et n'entendait pas perdre l'occasion de jouer en son honneur sa petite comédie.

Elle s'adressa à sa voisine, et lui dit, d'un ton pleureur :

« Comment donc faire, Mme Berthuis? J'avais une pièce de cinq francs, c'était tout ce que je possédais sur la terre! En allant chez le boulanger, je l'ai laissée tomber et je l'ai perdue! Comment acheter du pain? Comment passer la journée? Il faudra donc mourir de faim! »

Elle était morne, tremblante, ses dents s'entrechoquaient; c'était, disait-elle, l'effet de la fièvre; car elle avait la fièvre toutes les fois que les circonstances l'exigeaient. Mme Berthuis l'écoutait à peine, et ne lui répondait que par monosyllabes. Son mari ne répondait pas du tout, et les enfants la regardaient, à peu près comme ils auraient regardé polichinelle.

M. de Langrune, étranger à cette pantomime, commença par prendre dans son gousset une pièce de cinq francs, et la donna à cette femme, qu'il jugeait si malheureuse. Elle le remercia en continuant le jeu, et entama un long récit, tissu d'exagérations, qui menaçait de durer jusqu'au dîner.

« Allons ! madame Bazile, dit tout simplement Mme Berthuis, voilà l'affaire arrangée. Pour le reste, vous trouverez le pain quotidien au bout de votre aiguille, ou en travaillant d'une manière quelconque. A présent, il faut remonter chez vous. »

La femme aux cheveux en désordre ne put soutenir le regard de Mme Berthuis, qui était devenu sévère ; elle se retira en murmurant :

« Virginie a du bonheur, elle ! Les riches la soutiennent ; elle sait se faire bien venir, c'est commode !

— La pauvre femme paraît aigrie ; dit M. de Langrune ; il faut lui pardonner ; les temps sont durs.

— Oh! je lui pardonne bien son aigreur, répondit la mère de famille; mais je ne lui pardonne pas sa jalousie contre la pauvre Virginie, une autre locataire de la maison; elle lui en veut, et ne cesse de la taquiner, de la contrarier, autant qu'il est en son pouvoir.

— C'est une vilaine femme, dit carrément le brave Berthuis.

— Oh oui! répétèrent à demi voix Léopold et Marie. »

Cependant, comme Léopold avait son franc parler, il ajouta d'un ton bien positif.

« Au lieu de travailler comme vous, et comme Mme Virginie, elle flâne, elle cause, elle se promène, et elle passe le reste de son temps à faire enrager les autres locataires.

— Et à faire des misères au chat de Mme Réthel! soupira Ernestine. »

M. de Langrune vit qu'il avait mal placé sa pièce de cinq francs; néanmoins, il ne la regretta pas; car, pensa-t-il quand même elle serait, comme il le paraît, peu intéressante, encore faut-il qu'elle mange, et le travail est arrêté pour le moment.

Le père d'Alfred ne se lassait pas d'observer l'intérieur des Berthuis. Ce bon ordre, cette pro-

preté, cette convenance, tout cela répondait à
l'honnêteté de ces braves gens; il causa avec le
père et lui trouva cette dose de bon sens qui,
dans ce milieu surtout, vaut mieux que l'étendue
de l'intelligence, et les demi-lumières qui le
plus souvent éclairent insuffisamment et font
faire fausse route.

Après avoir passé une grande heure auprès
de son fils, et lui avoir fait faire une partie de
dames avec Léopold, en donnant des conseils
tantôt à l'un, tantôt à l'autre, M. de Langrune
s'éloigna à regret, bien tranquille cependant
sur son cher enfant. Alfred le chargea de toutes
ses tendresses pour sa mère et pour Marie, et il
se mit à attendre fort paisiblement le lendemain
qui devait réunir toute la famille.

Qu'il fut doux le retour d'Alfred! Comme il
embrassa de bon cœur sa chère maman, sa
petite sœur! Il sauta au cou de Françoise, en
lui disant :

« M'en voulez-vous encore?

— Non, mon cher enfant; mais une autre
fois, il ne faudra pas vous donner une entorse
juste au moment où l'on est dans le plus grand
des embarras. »

La paix fut ainsi faite, et Françoise installa

de son mieux le pauvre Alfred sur un lit de
repos, car il n'était pas en état de marcher,
même dans la chambre, et l'on parlait d'une
quinzaine de jours de réclusion.

« Si tu savais, Marie, disait-il, je me crois
dans un palais! L'appartement de notre tante
me semble un château royal, depuis que j'ai
passé quatre jours chez ces braves gens.

— Je le conçois, répondait Marie, j'éprouve
la même chose. Tout me paraît élégant, re-
cherché; c'est surtout le bonheur d'être servie
que j'apprécie! Ah! s'il me fallait ne déjeuner
et ne dîner qu'après avoir tant épluché, tant
soufflé, tant tourné, je crois que je n'aurais
plus faim!

— Nous sommes donc très heureux, nous,
puisque d'autres font à notre place tout ce qui
est ennuyeux et fatigant?

— C'est vrai, Alfred, je n'y avais jamais pensé.

— Et encore, tu n'as rien vu, Marie; il y a
des gens qui mangent juste ce qu'il faut, et
même pas tout à fait assez!

— Tu crois? Non, Alfred, ce n'est pas possible!...

— Très possible. Je le sais maintenant;
Mme Berthuis me l'a fait voir.

— Peut-être ces pauvresses qui tendent la main dans la rue?

— Non vraiment. Je te parle de cette femme veuve, qu'on appelle Virginie, qui a deux enfants, et qui travaille autant qu'elle le peut. Elle a été si contente des vingt francs que maman lui a envoyés par Joseph, qu'elle est venue me prier de la remercier; elle regardait cette pièce d'or comme un grand bienfait.

— Crois-tu, Alfred, qu'il y ait beaucoup de familles malheureuses à ce point-là?

— Mme Berthuis dit qu'il y en a beaucoup; et comme elle en connaît, elle se trouve heureuse en comparaison et remercie Dieu tous les jours. Seulement, Titine tousse une heure tous les matins, comme toussait Adèle; c'est cela qui lui fait peur, pauvre femme!

— Et pauvre Titine! Elle est si gentille! Ainsi, je vois, Alfred, que quand nous nous plaignons de n'importe quoi, nous avons tort, car nous sommes riches, à ce qu'il paraît?

— Mais la rue de Lille...

— Papa m'a dit que, l'hiver prochain, il achèterait d'autres meubles et louerait un autre appartement à Paris. Tant mieux! car j'aime bien aller aux Champs-Élysées, et encore plus

au bois de Boulogne; mais ma belle poupée
parlante n'en est pas moins brûlée!

— Allons donc, Marie! Tu es trop grande pour
jouer à la poupée.

— Mirza m'amusait encore. Mais je ne veux
pas me plaindre; ce ne serait pas bien, puisque
papa disait hier qu'il y a en ce moment des
gens qui ne savent plus où demeurer, qui n'ont
plus de lit, plus d'armoires, plus rien, tout a
été brûlé.

— Oui va! ceux-là sont bien malheureux. Je
ne te dis pas que je n'aie pas de chagrin;
j'aimais tant mes beaux jeux, mon petit billard,
mon navire qui voguait si bien sur le bassin
des Tuileries!

— Et moi, ma petite commode en acajou, où
je serrais les robes de Mirza!

— Et moi, mes beaux livres que maman
m'avait fait si bien relier!

— Et moi, ma jolie boîte à ouvrage, avec des
fils de toutes les couleurs, et de la soie, et des
perles!...

— Oui, Marie, tout cela est triste; mais les
pauvres! Ah! je n'avais jamais vu de près les
pauvres, ceux qui ne demandent rien à personne, que de l'ouvrage qu'ils ont souvent bien

de la peine à trouver et à faire. Non, Marie, il
ne faut pas nous plaindre. Vois, nous avons
l'appartement de ma tante, où nous sommes
comme chez nous, et puis papa achètera un
autre mobilier; et, d'ailleurs, il nous reste notre
belle campagne.

— Oh oui! je l'aime encore bien plus que
Paris! On s'y amuse tant! Et puis enfin, on est
riche, plus riche que tous les autres.

— Oui, petite sœur; aussi, faut-il aider les
autres. C'est ce que nos parents tâchent de
faire.

— Quand je serai grande, je veux qu'il n'y ait
plus à Valfleur un seul pauvre!

— On dit que c'est impossible.

— Qui sait? On peut toujours essayer. »

Ainsi les bons enfants causaient ensemble, et
Alfred trouvait que c'était bien doux d'avoir une
sœur pour parler, pour rire, pour jouer aux
jonchets, aux dames, aux cartes, pour soigner
une entorse enfin, car c'est la bonne manière.

Marie savait désennuyer son frère, le distraire,
lui persuader que les jours, après l'entorse,
n'étaient pas plus longs qu'avant l'entorse, et
c'était un grand talent!

Une distraction dans la vie du prisonnier.

ce fut le retour de Jeannette, et toutes les hési-
tations qui précédèrent ce retour.

M. de Langrune dit à Joseph : « Le dernier
coup de canon a été tiré; le maréchal de Mac-
Mahon, suivi de son état-major, s'est montré
dans tous les quartiers de Paris, actuellement
repris en entier sur les insurgés, grâce à l'habileté du plan d'attaque, et au dévouement de l'armée; allez chercher votre femme. »

Joseph reçut l'ordre de son maître, et partit
avec la ferme intention de l'exécuter, mais il ne
se dissimulait pas la force de la résistance, et
s'attendait à être obligé de faire, d'après toutes
les règles de la stratégie, le siège de la formidable Jeannette.

Il faut savoir que Jeannette était un personnage avec lequel on devait compter. Venue, vingt
ans plus tôt, des bords de la Garonne, pour servir à Paris, elle avait apporté de son pays une
dose d'exagération, soigneusement entretenue
depuis lors, et parvenue à un degré tel qu'on
n'imaginait plus de lutter. Ce que racontait
Jeannette était à prendre ou à laisser. Pas
moyen de la contredire; elle vous eût arraché
les yeux! Si l'on cherchait à amoindrir les faits
qu'elle rapportait, on pouvait être sûr que la

chère femme s'accusait aussitôt de n'avoir pas
dit toute la vérité, d'en avoir passé la moitié, de
peur d'être soupçonnée de gasconnade. Là-des-
sus, elle recommençait son récit, le brodant sur
toutes les coutures, en faisant un roman à sen-
sation, et accompagnant le tout de ses gestes
expressifs et du roulement incessant de ses petits
yeux noirs, percés avec une vrille, mais étince-
lants dans les jours paisibles, et furibonds en
cas de contradiction.

Joseph s'en alla tout épouvanté. Comment
donc lui, si sage, si sensé, avait-il épousé la
brune fille des bords de la Garonne? On ne s'en
rendait pas compte, et lui moins encore que
tout autre. Il avait été comme fasciné par cette
vivacité méridionale, ce flux de paroles, cet accent piquant et gracieux, ces cheveux d'un noir de
jais, cet ensemble solide, assuré, qui faisait supposer une âme forte, un esprit presque viril.
Apparences trompeuses, Jeannette avait moins
de véritable énergie que la dernière des petites
femmelettes; et bien qu'elle fût arrivée, sans
trop rien dire, à porter un mètre vingt de ceinture, le moral n'y avait absolument rien gagné.

Le mari, chargé du commandement en chef de
l'expédition, se présenta à la porte de la cousine,

et commença par faire deux ou trois somma-
tions de la part de son gouvernement.

Jeannette fut grande, magnanime, inébran-
lable ; elle déclara qu'elle ne franchirait point le
seuil de sa cousine, jusqu'à ce que les événe-
nements le lui permissent.

« De quels événements espères-tu donc la
permission? demanda Joseph, croyant éclairer la
question. Attends-tu la paix universelle pour
traverser, au bras de ton mari, des rues parfaitement tranquilles?

— Il doit y avoir encore de l'agitation dan
les têtes.

— Pas plus que dans la tienne, assurément.
Allons, viens avec moi, et reprends ton service
aujourd'hui même. M'entends-tu? »

Jeannette ne bougeait pas plus qu'une borne,
véritable symbole de sa force d'inertie. Toutefois les bornes se contentent d'empêcher de
passer, par le seul fait de leur présence,
tandis que la grosse assiégée tenait à faire un
journal de toutes les impressions, les périls,
les inextricables difficultés par lesquels il lui
avait fallu conjurer la tourmente, au risque d'y
laisser sa montre, sa bourse, et le pire de tout,
sa tête!

« Nous avons été, disait-elle, traquées comme des bêtes fauves! Ils étaient partout, avec leurs fusils chargés, prêts à tuer n'importe qui. J'ai cru vingt fois mourir! Qu'est-ce que je dis donc?... J'ai cru être morte. »

Joseph se garda bien de nier la chose, de peur d'entendre sa femme dire : « J'ai cru être enterrée! »

Comme elle se mit à narrer fort longuement de petites aventures, où bien entendu elle n'avait en rien figuré, Joseph, lui, se mit à ne plus l'écouter, et tout en la regardant pour l'empêcher de prendre feu, il prêta l'oreille à une sorte de psalmodie, lente et basse, au moyen de laquelle la cousine essayait, à très petit bruit par délicatesse, de lui faire envisager l'histoire de ces cinq jours sous un tout autre point de vue.

La psalmodie disait simplement que les soldats de la délivrance avaient sans cesse entouré la maison, les rues, le quartier. Ils n'avaient rien demandé, mais on avait cherché à rendre leur situation un peu moins dure; on leur avait indiqué certains points dont on devait se défier. La cousine, s'intéressant comme une vraie Française, et une Française éclairée, à tout ce qui se

passait, n'avait pas eu un seul moment d'inquiétude personnelle, mais elle avait l'âme navrée
des nouvelles qui lui venaient de tous côtés;
elle plaignait les victimes, d'abord celles de la
barbarie et celles du devoir; puis encore celles
qui s'étaient trouvées mêlées à la révolte par
entraînement, sans trop comprendre ce qu'elles
faisaient, englobées pour ainsi dire dans son
effroyable tourbillon.

Jeannette n'avait vu, pendant cette terrible
semaine, qu'elle seule dans Paris et dans la
France. Joseph voulait en finir et la tirait par le
bras pour la décider à le suivre. Elle affirmait
qu'elle était encore malade de frayeur, et parlait
de se remettre au lit. Alors le mari se décida à
faire approcher de grosses pièces d'artillerie,
c'est-à-dire à prendre sa grosse voix, à lancer
même, vu les circonstances, quelques jurons
qui ne lui servaient que de loin en loin, et la
grosse Jeannette, pleurant, parlant, criant, se vit
contrainte de le suivre. Toutefois ce ne fut pas
sans lui promettre qu'il se ressentirait de sa
mauvaise humeur jusqu'à la saison prochaine.

Mme de Langrune reçut avec bonté la bruyante
compagne de Joseph; elle écouta le commencement de son interminable récit, et les enfants,

La grosse Jeannette, pleurant, parlant, criant,
se vit contrainte de le suivre.

que Jeannette amusait par son emphase et ses amplifications, lui rendirent le service d'écouter le reste, ou à peu près, car il n'y aurait pas eu de point final en face d'un auditeur complaisant.

Jeannette, au milieu de son flux de paroles, parlait d'elle-même comme d'un centre, vers lequel tout eût convergé. On la surveillait de près, disait-elle; les officiers se méfiaient d'elle; on cherchait à l'intimider. On ne quittait pas de vue la maison de sa cousine où elle s'était réfugiée. S'étant mise à la fenêtre, elle avait été, pensait-elle, couchée en joue!

Françoise, qui ne s'était jamais accoutumée aux figures de rhétorique dont la femme de Joseph semait ses discours, lui riait au nez sans la moindre façon, ce qui mettait le feu aux poudres. Alors Jeannette entrait dans une de ces colères à grand effet qui était à son usage, jetant en l'air pelles et pincettes, frappant du pied, roulant ses petits yeux noirs, parlant avec volubilité, et finissant par tomber sur une chaise et se mettre à pleurer comme font les enfants; car, au fond, la grosse Jeannette était une grande et presqu'une vieille enfant.

Mme de Langrune, laissant se calmer la tempête, attendit avec patience, et Jeannette, voyant le peu d'attention que chacun donnait à ses malheurs imaginaires, prit le parti de se retourner bravement vers son gril, sa rôtissoire, et se remit à faire une excellente cuisine, car si le bon sens lui faisait défaut, le talent ne lui manquait pas.

Cependant, elle ne pouvait pas prendre son parti des pertes causées par l'incendie de la rue de Lille. Bien que ses maîtres, grands et généreux, eussent réparé par leurs libéralités le tort fait à leurs serviteurs, elle passait son temps à regretter jusqu'à sa cuiller à pot, à laquelle nulle autre ne pourrait jamais être comparée. Cet esprit, ennemi de la résignation dans les catastrophes qui atteignent le grand nombre, ne cessait d'analyser les petites misères auxquelles personne ne pensait. Elle entendait passer sa vie tranquillement, ne pas interrompre ses habitudes, ne pas changer ses heures, enfin vivre à sa guise. Ces goûts, fort ordinaires du reste, ayant été, de tous points, gênés et contrariés, Jeannette était d'une humeur sans précédents.

Deux jours après le retour d'Alfred auprès de ses parents, on entendit dans l'escalier des pas

lestes et pressés : c'était le bon et joyeux Léopold,
toujours en train, qui montait deux ou trois
marches à la fois pour demander des nouvelles
de l'entorse.

« C'est donc toi, mon cher enfant? lui dit amicalement Françoise en serrant les bonnes joues
du garçon dans ses mains.

— Oui, madame Françoise, je viens savoir des
nouvelles de M. Alfred.

— Viens par ici, mon petit homme; M. Alfred
est précisément étendu sur son lit; tu vas t'asseoir un petit moment auprès de lui, et ça le
dissipera. »

Léopold entra, et Alfred fut content de le
revoir.

« Maman est en peine de vous, dit-il, elle a
peur qu'on n'ait pas trouvé assez de suie pour
continuer le traitement.

— Merci, Léopold; dites à Mme Berthuis que
le médecin de papa est venu me bander le pied,
et que, dans quelques jours, je rentrerai au collège. Maman ira ensuite à Valfleur, qui n'est
qu'à une heure de chemin de fer; mais avant de
partir, nous irons voir Mme Berthuis, la remercier en famille.

— Pour ça! Il n'y a pas à remercier. Tout le

monde en aurait fait autant, à moins d'avoir un
cœur dur comme.... comme Mme Bazile !

— Cette Mme Bazile est donc une bien singulière femme.

— Oh, oui ! monsieur Alfred. Elle craint
maman, heureusement ; sans cela elle rendrait
notre maison inhabitable. Maman ne lui a jamais
fait que du bien ; mais elle lui dit ses vérités, et
elle l'empêche de faire trop souffrir les autres.
Cependant, depuis qu'elle a vu l'intérêt que
Mme votre mère porte à Mme Virginie, si pauvre
et si bonne, elle est devenue plus que jamais
jalouse et méchante.

— Elle est donc paresseuse, puisqu'elle ne
peut se suffire à elle-même ?

— Oui, monsieur Alfred ; elle voudrait qu'on
payât ses deux termes de loyer en retard, qu'on
prît soin de la nourrir. Elle dit que les riches
ne sont faits que pour cela, et elle ne cesse de
les maudire, parce qu'elle est malheureuse.....
bien par sa faute.

— De sorte qu'elle est insupportable à votre
bonne mère ?

— Maman est si honorée par les autres locataires que cette vilaine femme n'ose pas lui
manquer ; mais elle remplit la maison de ses

cris, de ses colères; elle fait des scènes au
père Navaux, si doux, si bon! Elle tourmente
Mme Virginie, et bat ses petites filles; enfin,
elle traite de folle la vieille rentière, qui est
bien un peu toquée, mais qui ne fait de mal
à personne. Quand elle rencontre son bel angora, elle l'assomme. Ah! qu'elle est donc mauvaise!

— Mais c'est un fléau qu'une telle femme dans
une maison!

— Oh oui! c'est un fléau. »

Léopold, par une juste indignation, dévoilait
en quelques mots l'âme noire de cette femme
fourbe et dangereuse. Il ne savait pas que, le
matin même, elle avait déposé, chez le concierge
de Mme de Tilly, une supplique ainsi conçue,
adressée à Mme de Langrune :

« Madame,

« Je me permets de vous exposer l'affreuse
position où je suis tombée, par une suite de
maladies, et par l'exigence et l'avarice des
patrons, pour qui j'ai travaillé pendant vingt
ans, nuit et jour, sans jamais prendre un moment de repos! je suis couchée sur la paille
et au moment de me voir jeter dans la rue

par mon propriétaire, à qui je dois cinquante francs, car les propriétaires sont des monstres sans cœur !

« Depuis bien des années, je vis de pain et d'eau, n'ayant pour me couvrir que des haillons; et l'hiver dernier, j'ai cru mourir de froid, n'ayant pas eu le moyen d'acheter même un fagot!

« J'espère, Madame, que vous ne m'abandonnerez pas dans mon malheur! je vous serai très reconnaissante si vous voulez bien me retirer de la détresse où je suis; car souvent j'ai envie de me jeter dans la Seine pour en finir, et c'est ce que je ferai tôt ou tard, si vous ne venez à mon secours. »

Mme de Langrune, dont la charité s'était souvent mise en rapport avec les pauvres, vit aussitôt à quoi elle devait s'en tenir, et ne se laissa pas prendre au langage emphatique de cette misérable, si peu digne de ses bontés. Mais elle regretta qu'il y eût ce point noir dans l'horizon de Mme Berthuis, car déjà elle avait projeté avec son mari de payer le plus noblement possible sa dette de reconnaissance.

Léopold ne quitta la maison de Mme de Tilly que les poches pleines de chocolat et de petits fours, à lui donnés par Alfred et Marie.

« Et Titine? Tousse-t-elle toujours? demanda l'aimable petite fille.

— Hélas! oui, mademoiselle. Et maintenant, chaque fois qu'elle tousse, ma pauvre maman a envie de pleurer. Elle dit que c'est la même toux qu'avait ma sœur Adèle.

— Il n'y a donc pas de remède?

— Si, mademoiselle; mais pour nous, c'est comme s'il n'y en avait pas..... Toujours la campagne, l'air des bois, une vie active. Au lieu de cela, aussitôt après sa première communion, Titine entrera en apprentissage; elle sera sur sa chaise toute la journée, à tirer son aiguille, chez une bonne couturière.

— Mais cela la fatiguera beaucoup!

— Que voulez-vous, mademoiselle? Nous ne sommes pas heureux, tout en ne manquant de rien; il faut bien que ma sœur apprenne à gagner sa vie.

— C'est vrai, dit Marie, mais cela me fait bien de la peine. »

Léopold, touché de l'accueil tout cordial de ces *riches*, dont Mme Bazile disait tant de mal, descendit l'escalier à toute volée, et s'en retourna chez sa mère.

« Nous irons bientôt vous voir, avait dit Alfred, au moment où Léopold le quittait. »

Cette parole fut nécessairement redite à Mme Berthuis, qui se laissa aller à cet innocent mouvement de coquetterie qu'éprouve toute maîtresse de maison, riche ou pauvre, à la pensée d'une *belle visite*.

Elle avait deux paires de petits rideaux pour la fenêtre de la chambre principale ; vite elle ôta les sales et les remplaça par des blancs, ce qui égaya la pièce. Cette pièce, on la fit à fond, sans épargner un grain de poussière. Ernestine essuya vingt fois la commode, pour lui donner plus de lustre ; sa mère lava le miroir avec un sou d'eau-de-vie ; et Léopold donna un vigoureux coup de brosse au carreau, jadis d'un beau rouge, mais aujourd'hui de couleur inégale.

Ayant ainsi tiré tout le parti possible de leur petit domaine, les Berthuis eurent la joie de l'attente.

Léopold faisait avec succès sa dernière année d'école ; il y retournait tous les matins, depuis que Paris avait repris sa vie accoutumée, et il ne manquait jamais de dire à sa sœur en partant :

« Oh! si l'on allait venir aujourd'hui! je voudrais bien que la visite tardât jusqu'à dimanche, parce que, au moins, je serais là. »

VII

La visite.

Mme de Langrune, qui pensait à tout, choisit le dimanche pour aller en famille voir Mme Berthuis, car elle savait que ce jour réunissait le mari, la femme et les enfants. On partit tous ensemble, en voiture, à cause d'Alfred, dont le pied n'était pas encore entièrement guéri, et l'on arriva, le cœur tout ému de souvenirs, devant la pauvre maison.

En entendant une voiture s'arrêter, deux têtes d'enfants apparurent à la fenêtre, toutes surprises, car le fait était rare. Léopold et Ernestine s'élancèrent ensemble dans l'escalier obscur, dont ils savaient toutes les marches par cœur, et coururent au-devant des étrangers. Mme de Langrune et sa fille portaient leur plus simple toilette, et venaient chez ces braves gens, le sourire aux lèvres, et l'amitié au cœur.

M. de Langrune les suivait, ainsi que son fils, et l'on monta avec précaution jusqu'au premier étage où, la porte étant ouverte, on trouva sur le palier la bonne Mme Berthuis avec sa physionomie douce et calme, son regard bienveillant, son maintien à la fois assuré et modeste.

« Je vous salue, Madame et Monsieur, dit-elle, c'est une grande bonté de votre part de venir nous faire une visite! Voilà donc mademoiselle Marie, bien rassurée maintenant? et monsieur Alfred qui ne boite presque plus?

— Ma bonne madame Berthuis, nous avons fait connaissance en un instant; mais c'est pour toute la vie. Ni nous, ni nos enfants ne vous oublierons jamais; il faudrait que nous fussions bien ingrats.

— Ma chère dame, je n'ai pas même songé à faire mon devoir; le sentiment qui m'a fait vous ouvrir ma porte était un sentiment tout naturel.

— C'est celui des belles âmes, reprit M. de

Langrune, qui ne connaissent pas l'égoïsme, et qui s'occupent des autres, même dans les moments de crise. »

Léopold ne tarda pas à se rapprocher d'Alfred, et Ernestine de Marie, à cause de cet aimant qui attire entre eux les contemporains. Pour être plus à leur aise, et aussi parce que les sièges n'étaient pas assez nombreux, les quatre enfants se retirèrent dans la seconde chambre, et commencèrent à causer et à rire de très bon cœur, Léopold étant assis sur son lit à côté d'Alfred, afin de laisser poliment les chaises aux petites filles.

Après avoir causé de choses et d'autres, avec le brave Berthuis, M. de Langrune dit qu'il avait l'intention de monter chez l'excellent homme qu'on appelait le père Navaux, pour le remercier du service qu'il lui avait rendu, en portant dans ses bras son fils blessé.

« Oh! le bon voisin! s'écria Berthuis, vous allez le rendre bien heureux! Permettez-moi, monsieur, de vous conduire jusqu'à sa porte. »

Ils montèrent ensemble. Berthuis frappa.

« Qui va là?

— Ouvrez, père Navaux, c'est de la visite. »

Il ouvrit.

« Bien trop d'honneur, monsieur, » dit-il en ôtant une petite calotte de cuir, qui depuis le temps qu'elle était sur sa tête, semblait ne faire qu'un avec elle.

Pendant que M. de Langrune entrait, Berthuis s'esquivait discrètement, et le visiteur put se croire reporté au temps de La Fontaine; même il aurait facilement présumé que son vis-à-vis avait posé devant le fabuliste.

Navaux avait soixante-dix ans bien sonnés; il était maigre, sec et bien portant, par suite d'une sobriété proverbiale. La conversation s'engagea :

« Eh bien, je viens vous remercier, père Navaux, d'avoir porté mon petit garçon; vous nous avez rendu grand service.

— Monsieur veut rire?... Ce pauvre petit! Il est gentil tout plein! J'étais bien content de me trouver là; on est si heureux d'être bon à quelque chose, surtout dans des temps pareils! Ah! monsieur! Quelle malheureuse idée! Ces révolutions, ça ne sert qu'à se faire tuer, et à s'empêcher de manger, de dormir et de chanter.

— N'est-ce pas, père Navaux? Vous n'en êtes pas?

— Ah, monsieur! Je ne saurais pas seulement

Les quatre enfants se retirèrent dans la seconde chambre.

comment m'y prendre. Je me dis toujours : Ce
n'est pas toi qui es chargé de mener le monde !
Va ton petit bonhomme de chemin. La semaine
au travail, le dimanche à la messe et au prône,
et puis faire un tour. Je recommençerais ça pendant toute une année sans jamais m'ennuyer.
La preuve, c'est que, en tirant mon alène, je
chante toujours.

— Ah ! vous chantez ?

— Monsieur, je sais soixante et dix chansons,
autant que mon âge porte d'années ! Eh bien,
ces gens-là m'ont coupé le sifflet avec leur
auto... auto... automanie, c'est à peu près ça ;
mais je ne comprends pas trop ce que ça veut
dire, et parmi eux, il y en a plus de quatre qui
en sont là !

— Vous avez bien raison, père Navaux ; ces
grands bouleversements arrêtent le travail et
même les chansons.

— Oui, monsieur, c'est un grand malheur,
surtout pour le travail !

— Voyons, père Navaux, dites-moi, êtes-vous
content de votre sort ?

— Très content, monsieur ! J'ai bon pied, bon
œil et bonnes dents, car il ne m'en manque
pas une ! Le bon Dieu me donne toujours le

pain quotidien, c'est-à-dire de la chaussure à réparer.... à votre service, monsieur.

— Ce n'est pas de refus.

— Je suis logé comme un prince! Là, ma chambre de travail, qui n'est, il est vrai, parée que de vieilles semelles, mais c'est l'état qui veut ça; et ici ma chambre à coucher, où je ne me tiens que pour dormir, de peur de la salir et de la déranger. Si monsieur voulait me faire l'honneur.... »

En même temps, le gai savetier de La Fontaine montrait, avec un peu de vanité, l'ameublement de sa chambre, son lit monumental, entouré de vieux rideaux à fleurs, dont à l'œil nu on ne reconnaissait ni la nuance, ni l'espèce; une grande armoire, une petite table d'acajou, couverte d'un tapis que recouvrait encore un vieux morceau de drap : c'était un système de préservation qui avait obtenu les meilleurs résultats. Le bon vieux avait, dans de fort vilains cadres, le portrait de son père et de sa mère, et quelques images coloriées, représentant des scènes naïves ou burlesques. Au fond du lit se voyait un crucifix mutilé.

« C'est malheureux, dit l'honnête chrétien; mais je l'ai trouvé par terre, au coin d'une borne, et je l'ai ramassé pour lui éviter ce déshonneur.

— Vous avez bien fait, père Navaux. Eh bien, vous vous trouvez parfaitement installé?

— Parfaitement. J'ai tout ce qu'il me faut, sauf un trésor; mais si j'en avais un j'aurais peur des voleurs! »

Le petit vieillard se mit à rire, à la pensée des craintes qui l'assiégeraient s'il était riche.

« Enfin, reprit M. de Langrune, il n'y a pas d'homme qui ne désire quelque chose. Vous ne faites sans doute pas exception à la règle?

— A vrai dire, monsieur, je ne désire qu'une chose : la paix! A mon âge, c'est le plus grand des biens. Je voudrais la paix, d'abord dans mon pays, et puis dans ma maison!

— Et vous ne l'avez pas? Il y a ici une femme qui, je le sais par expérience, étale sa misère, et trouble la tranquillité de chacun.

— Hélas! à qui le dites-vous, monsieur? Enfin, elle doit deux termes de loyer; peut-être le propriétaire lui donnera-t-il congé; sinon, il faudra bien la supporter. Mais c'est vraiment une femme dangereuse; et sans Mme Berthuis, nous serions tous exposés à ce qu'elle nous fît, ou du tort, ou du mal.

— Elle craint donc Mme Berthuis?

— Oui, monsieur; nous autres, nous la respectons, car il n'y a pas au monde une plus digne femme; mais Mme Bazile la redoute, et il y a de bonnes raisons pour cela; je n'en veux pas dire davantage. »

M. de Langrune en savait assez pour soupçonner un mystère, et, s'abstenant de toute question, il se promit bien de ne secourir que dans une très faible mesure cette femme, paresseuse et menteuse, dont la jalousie et la méchanceté rendait malheureux tous ces honnêtes gens. Si M. de Langrune n'avait pu arracher que quelques paroles sur le compte de Mme Bazile, le type des pauvres corrompus et vicieux, il obtint tout un petit discours, d'une admirable naïveté, sur la patience et le malheur de la veuve Virginie. Cette femme était aimée et estimée de tous. Quant à la vieille Mme Réthel, il parla d'elle avec une parfaite indulgence, et de son pacifique angora avec une véritable admiration.

« Il ne lui manque que la parole! dit-il pour clore le panégyrique. »

M. de Langrune se retira, plein de respect pour cette longue et obscure existence, passée

dans l'étroitesse du travail le plus vulgaire,
et ayant donné place à des sentiments élevés.
Il avait été heureux de pouvoir honorer la
pauvreté sage et sereine, sous le toit de cet
humble vieillard.

Il redescendit chez Mme Berthuis et la trouva
causant avec sa femme, toutes deux avançant
de plus en plus dans l'estime l'une de l'autre.
Mme de Langrune aurait voulu monter chez
Virginie; mais elle fut retenue par la pensée de
ce que lui ferait souffrir la méchante Bazile.

« Mme Berthuis, dit-elle, c'est vous que je veux
mettre à même de secourir cette pauvre mère
si dévouée, si laborieuse. Je vais vous laisser
cent francs, que vous lui donnerez peu à peu,
dans les moments où le travail lui manquera.

— Oh! madame, vous ne pouvez pas me procurer une plus grande joie! je vais lui annoncer
tout à l'heure cette bonne nouvelle, et bien sûr,
elle fera prier ses petits enfants pour vous et
votre famille.

— Quant à votre mauvaise voisine, reprit
Mme de Langrune, j'ai reçu d'elle une supplique, pleine de grands mots, dont j'entends
bien ne tenir aucun compte; mais enfin, comme
elle est pauvre, bien que par sa paresse et son

manque d'ordre, je vais vous remettre pour elle vingt bons de pain et de viande.

— Bien madame, je vous remercie de sa part, et je vais les lui porter tout de suite. »

Mme Berthuis, en répondant aux questions, pleines d'intérêt affectueux, à elle adressées par Mme de Langrune, avait longuement parlé d'Ernestine. Ses inquiétudes relativement à cette bonne petite fille étaient réelles et fondées. Les deux mères avaient gémi ensemble sur les terribles prévisions qui naissaient du souvenir d'Adèle; mais tout en gémissant, Mme de Langrune avait dans le regard tant de compassion, et tant d'espérance, que la mère reprenait confiance pendant qu'on lui disait :

« Ne vous tourmentez pas trop. Ce qu'il faut, c'est donner à votre chère enfant, par une meilleure hygiène, plus de force et de résistance, afin de surmonter le mal; une vie plus large, plus saine, de toute manière.

— Hélas! je le sais bien, madame; mais avec toute notre bonne volonté, ce n'est pas nous qui pouvons lui donner assez de force pour surmonter le mal! »

Mme de Langrune serra la main de l'honorable mère de famille, et lui dit tout bas :

« Prenez patience jusqu'à la fin de juillet, et soyez certaine qu'alors, la Providence fera ce que vous ne pouvez pas faire.

— Oui, elle le fera, dit gravement M. de Langrune. »

Mme Berthuis demeura muette et tout étonnée; ce qu'on lui affirmait lui faisait l'effet d'une révélation de l'avenir. Quoi, serait-il vrai, pensait-elle, ma pauvre Titine me serait-elle laissée?

A peine trouvait-elle un mot à répondre, tant le trouble qu'elle sentait était inattendu et consolant.

« Ah ça! dit gaiement M. de Langrune, en se retirant, mon brave Berthuis, il faudra venir nous voir à Valfleur, un dimanche, vers le mois d'août; nous amener votre femme, et ces bons enfants-là; on se promènera dans les bois, on y goûtera tous ensemble, sous les grands arbres, on s'amusera enfin; et comme un train part à cinq heures et demie, vous serez rendus chez vous pour dîner à sept heures. Est-ce entendu? Les petits frais de voyage nous regardent. »

Léopold et Ernestine se chargèrent de répondre avec l'élan de leur âge, et les parents, heureux de leur joie, remercièrent ceux qui leur témoignaient un si touchant intérêt.

Aussitôt que M. et Mme de Langrune eurent franchi le seuil, accompagnés par Léopold, sa sœur et son père, Mme Berthuis monta chez la méchante Bazile, et lui remit les vingt bons de pain et de viande. Sa fenêtre était ouverte, et comme le cocher prenait le temps de faire boire son cheval, on eut le loisir d'entendre cette furie maudire ceux qui lui venaient en aide.

« C'est ça qu'on me donne? Qu'ils aillent se promener avec leurs bons! Je n'en veux pas! C'est de l'argent qu'il me faut! Oh! ces riches! Je voudrais avoir dans ma poche la corde qui aurait étranglé le dernier! Je suis bien aise qu'on ait brûlé leur maison; on a bien fait! On ne leur fera jamais assez de mal à tous, tant qu'ils sont! »

M. de Langrune, en élevant exprès la voix pour parler au cocher, fit bien voir qu'il avait entendu ces affreuses paroles; et la mauvaise femme se hâta de fermer sa fenêtre, avant de dire le reste; puis elle finit par arracher brusquement les bons des mains de Mme Berthuis, car enfin il fallait s'en servir, c'était toujours cela. Elle aurait volontiers continué à injurier de loin les riches, si sa placide et grave voisine ne lui avait fermé la bouche en lui disant, à demi-voix, quelques mots qui produisirent apparemment sur elle une impression terrifiante, car elle se tut; et, Mme Berthuis étant sortie de la chambre, la méchante femme ferma la porte sans bruit et tomba sur une chaise, comme frappée de stupeur. Quelles étaient donc ces paroles terribles, murmurées par la principale locataire de la maison, celle en qui tout le monde avait confiance? Mystère.

Par prudence, pour ne pas exciter à un plus haut degré la malveillance jalouse de cette femme, Mme Berthuis se garda d'entrer chez Virginie; elle attendit jusqu'au lendemain; et quand, le soir, après une longue journée de travail, et les enfants étant endormis, la veuve vint se reposer un moment auprès de son amie, celle-ci lui dit :

« Ma bonne Virginie, j'ai quelque chose à vous dire.

— Quoi donc? Ah! Mme Berthuis, rien qu'à voir votre air, je comprends que ce doit être doux à entendre.

— Oh oui, bien doux! Cette bonne dame est venue nous voir, avec son mari, son fils et sa demoiselle, et elle a voulu sans doute me récompenser du peu que j'ai fait, en me laissant cent francs pour vous, Virginie.

11

— Cent francs? Cent francs? Est-ce possible!
Mais quelle bonté!

— La dame a dit que c'était pour vous donner
peu à peu, quand le travail manquerait.

— Oh! oui, gardez-moi ça, Mme Berthuis, c'est
plus en sûreté chez vous que chez moi, car je
me méfie de ma voisine....

— Et vous faites bien. Combien voulez-vous
que je vous donne aujourd'hui, puisque je suis
votre banquier?

— Ne me donnez rien, Mme Berthuis. Il faut
se réserver une poire pour la soif. Avec les
vingt francs que votre dame m'a d'abord donnés, nous avons vécu tous les trois, tant que
l'ouvrage n'allait pas. Aujourd'hui, ça va un
peu; j'ai de la lingerie à faire, c'est le pain quotidien. Gardez-moi ces cent francs, et quand je
ne saurai plus comment faire, vous m'aiderez.

— Ah! Virginie! Quelle douce mission est la
mienne! Être chargée de distribuer les dons de
la générosité!

— Mme Berthuis, je suis profondément reconnaissante envers cette dame; mais je n'ignore
pas que c'est vous qui lui avez inspiré d'être
bonne pour moi. Je m'en vais faire prier mes
petits enfants dès demain. Ma grande fait très

bien sa prière; la petite n'y comprend rien; mais elle envoie tout le temps des baisers à l'Enfant-Jésus, je pense que ça compte?

— Mais oui, ça compte. Tout compte devant le bon Dieu, ma chère Virginie, surtout quand on est pauvre et résigné.

— Voyons, Mme Berthuis, vous qui connaissez cette belle dame, maintenant, qu'est-ce que je pourrais donc faire demander pour elle, par ma grande? »

La mère de famille se ressouvint des angoisses qu'elle avait ressenties, pendant la longue maladie de son Adèle, et elle répondit :

« Demandez, croyez-moi, que ses enfants ne meurent qu'après elle! »

Une larme roula sous ses paupières; c'était comme le signe du revoir, au fond du cœur, chaque fois qu'elle pensait à Adèle.

Virginie remonta chez elle, l'âme tranquillisée; elle était sûre que, d'ici à longtemps, même en cas de chômage forcé, ses chers petits enfants ne manqueraient pas de nourriture. Oh! comme elle bénissait les riches qui se détournaient de leur chemin facile pour s'occuper du pauvre et s'intéresser à ses douleurs.

Comme elle avait reçu à l'école une certaine

éducation, Virginie en entrant chez elle se mit en devoir d'écrire à Mme de Langrune, dont elle avait eu soin de prendre l'adresse ; ce fut son cœur reconnaissant qui dicta cette lettre.

« Madame,

« Vous êtes bien bonne de vouloir bien m'ai-
« der, moi et mes chères petites ; vous nous
« mettez pour longtemps à l'abri de la misère,
« et je vous en aurai toujours de la reconnais-
« sance. Je ne sais pas bien dire ce que je pense ;
« mais je veux que vous sachiez que mes petits
« enfants demanderont tous les jours au Bon
« Dieu de vous conserver les vôtres !

« Je suis votre servante, Madame,

« VIRGINIE. »

La pauvre veuve prit dans une vieille boîte une enveloppe, la seule qu'elle possédât, car elle n'écrivait guère, et elle se promit d'aller de grand matin, pour économiser trois sous, porter elle-même la lettre rue Lacépède.

Mme de Langrune lut à haute voix ces lignes devant son mari et ses enfants.

Quelle distance entre ces deux femmes ! dit M. de Langrune. L'une maudit les riches, et leur souhaite du mal; l'autre les bénit, et cherche à attirer sur eux le plus grand des bienfaits.

Françoise, qui avait été de moitié dans l'hospitalité, était initiée par les enfants à tous les détails qui en étaient les conséquences. Quand elle apprit d'Alfred ce qui s'était passé la veille, elle ne fut nullement étonnée des insultes jetées par la mégère à ses bienfaiteurs; encore moins le fut-elle de la délicatesse de sentiments manifestée par la douce et laborieuse veuve.

« Celle-ci, dit-elle, c'est de la bonne pâte; c'est honnête, ça vit pour ses enfants, ça ne criaille pas jusque par-dessus les toits, comme la canaille; il y a plaisir à aider ce monde-là; mais l'autre, cette furie, avec ses cheveux mal peignés, son air effronté, ses vêtements sales et déchirés, et sa mauvaise figure, elle me fait l'effet d'une.... Enfin, je ne vous dis que ça.

— D'une quoi? demanda Alfred, vous pouvez bien le dire entre nous.

— Eh bien, elle me fait l'effet d'être tout simplement.... une pétroleuse.

— Oh! s'écrièrent ensemble le frère et la sœur, si elle l'était vraiment, et si on le savait!

— Dame! son affaire serait claire. Et si elle

craint tant Mme Berthuis, m'est avis que ce n'est pas pour des prunes.

Marie pensait sans cesse à cette parole de sa vieille bonne, et elle concevait une extrême frayeur de la femme aux yeux faux, à la lèvre moqueuse, qu'elle n'avait fait qu'entrevoir.

Cependant, elle fut distraite par les préparatifs du départ de son frère, qui allait rentrer au collège, et par son propre départ pour Valfleur.

« Mon petit frère, disait-elle, je suis contente de retourner à Valfleur et je suis fâchée de te laisser à Paris.

— Que veux-tu, Marie? il faut que cela soit ainsi, répondait Alfred, et tu sais que nous nous sommes promis de ne plus jamais nous plaindre, puisque nous sommes de ceux qu'on appelle les heureux de la terre.

— Tu as raison. Au fait, ce serait ingrat. Et puis, les vacances viendront bientôt; nous voilà au 15 juin; tu arriveras à Valfleur avant deux mois et nous nous amuserons.

— Oui; ce qui sera surtout très amusant, c'est l'histoire de..... tu sais?

— Ah! le secret? Oh oui! J'en rêverais plus d'une fois d'ici là! Que nos parents ont été bons de nous confier cela.

— C'est vrai; excepté nous, il n'y a que Françoise qui soit dans la confidence.

— Oh! mon petit Alfred! Je voudrais être déjà à ce bienheureux dimanche. Te figures-tu?... Un beau temps, un beau goûter dans les bois, et puis le soir.....

— Chut! Chut! C'est un secret, il n'en faut pas parler, les murs ont des oreilles. »

Que se tramait-il donc, au sein de la famille de Langrune? S'il s'agissait d'un complot, il ne pouvait avoir pour but que de faire du bien.

Peu de jours après cet entretien, Alfred jouait dans la cour de son collège, ne conservant de son entorse qu'un vague souvenir, et se proposant de reprendre avec ardeur ses études interrompues, et de s'amuser tant qu'il pourrait aux récréations. C'est le programme du vrai collégien, qui ne veut perdre ni son temps, ni sa bonne humeur.

Quant à Marie, il faut bien l'avouer, elle trouvait un vrai plaisir à accompagner sa mère dans les magasins, pour y acheter quelques toilettes d'été, car fort peu de chose avait échappé au feu; et bien qu'on réservât pour l'entrée de l'hiver l'achat de meubles nouveaux, il fallait emporter à Valfleur des vêtements de saison.

Marie regardait avec un intérêt curieux ces longues galeries, ces rayons superposés et surchargés d'étoffes de toutes couleurs; elle voyait aller et venir, s'empresser, vendre, acheter, et elle se disait :

« C'est vraiment bien commode de n'avoir, comme nous, que sa bourse à apporter, pour qu'on vous montre toutes ces belles choses et qu'on vous laisse choisir dans le nombre celles qui vous conviennent. Mme Berthuis et Titine auraient beau venir ici, elles n'en emporteraient rien, ou presque rien, car la bourse ferait défaut. Je n'avais jamais pensé à tout cela; que de choses j'ai apprises en vivant de leur vie pendant deux jours! Bonne Mme Berthuis! Quelle excellente figure! Bonne Titine! Comme elle est obéissante! Et comme elle sait rendre service à sa mère! Ah! si mes parents pouvaient l'empêcher de mourir! »

Mme de Langrune, en femme d'ordre, ne fit d'abord que les emplettes les plus nécessaires, et quand elle eut achevé ses préparatifs, on prit jour pour le départ, au grand contentement de Jeannette, qui se croyait parfois encore secrètement menacée par les uns et par les autres, et qui regardait sous son lit tous les soirs, pour

être bien sûre qu'il n'y avait ni insurgés, ni
Versaillais.

Marie aurait voulu marcher à pieds joints sur
les semaines qui la séparaient des vacances ;
jamais cette heureuse époque, si chère à la
jeunesse de tous les pays et de tous les siècles,
ne lui avait autant souri. C'est que M. et Mme de
Langrune avaient promis à leurs enfants un
plaisir tout nouveau, qui ne ressemblait à
aucun, et dans tous les détails duquel Alfred
et Marie devaient apporter fraternellement leur
concours. Quel était ce plaisir à part, durable,
propre à satisfaire le cœur? Personne ne s'en
doutait, sinon les parents, les enfants et la
bonne Françoise.

Marie était si occupée de ce plaisir qu'elle
se rapprochait souvent de sa vieille bonne,
uniquement pour lui dire :

« Françoise, j'ai compté les jours, il y en a
encore beaucoup !

— Chut! Chut! répondait invariablement Françoise, il faut savoir garder un secret. »

Puis elle riait et se moquait de la chère petite
fille, qui grillait de parler et avait toujours
quelques mots à dire bien bas à l'oreille de son
père ou de sa mère.

Il résulta de tous ces demi-mots que Jeannette, qui n'en entendait rien, comprit, à la pantomime, que les journaux devaient annoncer
une horrible nouvelle, qu'on avait résolu de
lui cacher pour lui épargner quelques épou-
vantes. Quand elle eut eu logé cette idée dans
sa tête, rien ne put l'en faire déloger. Elle pensait quelquefois que la Russie nous avait déclaré
la guerre; d'autres fois, c'était l'Italie; puis la
Turquie, puis l'Angleterre, puis l'Espagne; et
pour finir, c'était tout le monde à la fois. Bref,
ce fut l'âme plongée dans de morbides angoisses et l'esprit tout rempli de fantômes,
qu'elle arriva avec ses maîtres dans le calme
et gracieux séjour qu'on appelait Valfleur.

VIII

Valfleur

Cette campagne était admirablement située, à l'ombre de vieux arbres dans lesquels nichaient des oiseaux gais et chanteurs. Une belle pièce d'eau frappait tout d'abord les regards, occupant tout le côté de la façade. Une barque blanche amarrée à la rive, de beaux cygnes gardant majestueusement les abords de leur domaine, des plantes aquatiques étalant sur l'eau calme leurs larges feuilles, quelques saules pleurant sur ces beautés, c'était le décor de la propriété du côté du Midi, et quand le soleil frappait les vitres des deux étages dont se composait le château, l'aspect en était radieux.

Du côté du Nord, un certain air de mélancolie voilait cette belle nature. De hauts platanes formaient la ceinture du parc. A droite et à gauche, de jeunes chênes se pressaient, mêlés aux arbres verts, qui seuls paraissaient conserver le sentiment de la vie pendant la saison rigoureuse; et juste en face des fenêtres de Mme de Langrune, s'ouvrait à l'horizon une échappée, entre deux collines boisées, où les yeux se reposaient sur des prairies à perte de vue, coupées par de petits bouquets de bois et un hameau lointain.

Vers l'orient, c'était le village, à cette distance où s'atténuent tous les bruits de la vie, où les rires et les pleurs ne font qu'un, trompant l'oreille et lui épargnant l'inquiétude. Le village, c'était le mouvement, la sûreté, et les châtelains se sentaient heureux de se voir entourés de gens qui les gardaient par leur présence, qui au besoin les eussent défendus, et pourtant ne gênaient en rien leur existence un peu solitaire, par goût et par habitude.

Au couchant, rien qu'une rue presque déserte, aboutissant à la vieille église, dont le clocher

était le plus bel ornement de ces campagnes. De
ce côté, c'était le silence, l'isolement, et le son
de l'horloge semblait rappeler, deux fois dans
une heure, que le riche et le pauvre s'en vont
du même pas aux dernières limites de l'existence
terrestre.

Le château de Valfleur servait de point de
mire aux étrangers; ils en admiraient à la fois
la gaieté et la majesté qui, loin de se nuire l'une
à l'autre, se complétaient. Ils se disaient en passant devant le manoir moderne : — Que l'on
doit être heureux sous ces ombrages, près de
cette eau limpide, dans ces vastes appartements!

Eh! bien, oui, précisément, on y était heureux,
chose rare! Les possesseurs de ce bien avaient
l'humeur facile, le caractère bien fait, et se plaisaient à jouir de ce qu'ils avaient, sans perdre
le temps à regretter ou à désirer ce qui leur
manquait, car il nous manque toujours quelque
chose.

Cette année, il fallait s'attendre à beaucoup de
déceptions. Les propriétés situées à une aussi
courte distance de la capitale avaient toutes été
plus ou moins ravagées par la guerre; mais
M. et Mme de Langrune, trop heureux de n'avoir
été atteints dans aucun membre de leur famille,

étaient fort coulants sur les pertes extérieures, qui ne faisaient que diminuer le bien-être, ou plutôt le plaisir des yeux. Ils voyaient le mal de la France si grand, qu'ils ne s'arrêtaient pas à considérer le leur.

Le maître de maison était venu d'abord donner des ordres, pour ôter à sa belle demeure le triste caractère qu'imprime l'occupation étrangère ; puis il avait accepté l'idée de refaire peu à peu ce qui avait été défait violemment, et de travailler ainsi pour sa part, sans secousse et sans imprudence, à relever en ce lieu, qui était le sien, la beauté de son pays dévasté.

Quelles qu'eussent été les spoliations, les humiliations imposées au territoire, les beaux arbres de Valfleur n'en balançaient pas moins leurs cimes au souffle du vent, l'onde n'en était pas moins pure, le gazon moins vert, et les chants des oiseaux moins légers.

Lorsque la famille revint sous ce toit champêtre, chacun reconnut avec plaisir tous les objets épargnés par les vainqueurs, mieux inspirés en cet endroit qu'en beaucoup d'autres. Marie rentra en souriant dans sa chambrette de jeune fille, tout à côté de sa mère, et revit son lit rose, son joli papier de tenture, plein de bouquets

d'églantines et de myosotis, sa table à ouvrage
si coquette, son petit fauteuil en tapisserie fait
par sa chère maman....

« Ah! s'écria-t-elle, ma pendule!.... cette jolie petite pendule Louis XV que papa m'avait
donnée l'année dernière! Ils l'ont emportée! Oh!
quel malheur! »

Elle allait pleurer lorsque sa mère lui mit
doucement la main sur les yeux.

« Ma petite fille chérie, je ne veux pas que tu
pleures sans avoir regardé tout ce qui nous a
été laissé après le passage de ce terrible fléau
qu'on nomme la guerre. Viens avec moi, je te
mènerai dans toutes les parties de la maison,
je te ferai toucher du doigt ce qu'on appelle
aisance, confortable, fortune, et tu verras que
nous sommes encore des mieux partagés, et tu
ne donneras à ta pendule que le doux souvenir
qu'elle mérite, puisqu'elle était un des plus
jolis dons de ton père. »

Mme de Langrune entraîna sa chère enfant à
travers les appartements du premier étage, et
lui montra combien avait été adoucie, pour elle
et sa famille, la sévère sentence prononcée contre
le pays. « Vois, ma fille, vois le portrait de ton
grand-père, ces tableaux qui te plaisaient tout

enfant, ces glaces, ces meubles, ces rideaux, ces
tapis. Viens au rez-de-chaussée; regarde. A côté
des vestiges de l'occupation, ne vois-tu pas ce
qui a été préservé?

« Maintenant jette un coup d'œil sur nos platanes, nos chênes, nos ormes, sur nos belles
pelouses, dont on vient de faucher le fin gazon,
sur nos arbres fruitiers, pleins de promesses,
sur nos charmantes fleurs, qui semblent nous
avoir attendues pour s'épanouir.

— C'est vrai, dit doucement Marie, tout est
encore bien beau!

— A présent, ma petite amie, regarde du côté
du village. Là, il y a des hommes, des femmes,
qui n'ont plus d'enfants.

— Plus d'enfants? quel malheur!

— Oui, le plus grand! Celui dont la veuve
Virginie veut me garder par la prière de ses
petites filles. Tout là-bas, près du grand tilleul,
il y a de pauvres gens qui n'avaient plus qu'un
fils; il est parti, il n'est pas revenu.

— Pourquoi?

— Tué.

— Oh! quelle horreur!

— Ceux-là, Marie, ils peuvent pleurer! Mais
toi? Viens dans mes bras, viens répondre à la

question que je veux te faire. Te semble-t-il
avoir le droit de murmurer, quand la guerre
et le fléau plus grand encore qui l'a suivie te
laissent ton père, ton frère, moi, nos bons serviteurs, et cette chère habitation où tu es née?
Réponds-moi.

— Maman, dit Marie, je ne veux pas murmurer, puisqu'il y a tant de malheureux qui
ne murmurent pas.

— C'est bien, dit Mme de Langrune en serrant
avec ardeur dans ses bras ce beau trésor à
elle confié. Désormais, tu seras ma petite amie,
je t'emmènerai quand j'irai voir les pauvres de
Valfleur; et nous tâcherons de leur faire un peu
de bien.

— Oh! oui, maman, beaucoup! beaucoup!
puisque nous sommes encore riches.

— Un peu moins que nous ne l'étions, ma
chère petite; mais nous ferons, toi et moi et
nous tous, des économies sur des choses de
luxe ou d'agrément, et nous nous consolerons
de nos pertes, d'ailleurs moins grandes que
celles de beaucoup d'autres, en aidant ceux
que la guerre a ruinés. »

Marie, sans verser une larme, remonta dans sa
jolie chambre et se dit comme avait dit Alfred :

12

« Oh! non, certes, il ne faut jamais nous plaindre, puisque nous sommes de ceux qu'on appelle les heureux de la terre. »

Elle eut la pensée que son père lui donnerait peut-être une autre pendule, aussi jolie que celle qui était partie pour la Prusse ; mais elle se dit :

« Non, ce n'est pas nécessaire, il faut commencer par aider les pauvres. »

Elle descendit dans la cuisine, dont la bruyante Jeannette venait de reprendre possession ; et là, elle fut distraite de sa peine par la fureur comique de la femme de Joseph.

Elle avait bonne mémoire et gardait dans sa remuante tête la silhouette de ses cafetières et de ses petits pots, les requérant l'un après l'autre et constatant, avec un étonnement sans pareil, que quelques-uns manquaient à cet appel nominatif. De là, malédictions contre la Prusse, orage en bonne forme, pendant lequel plusieurs peut-être devinrent invalides, de valides qu'ils étaient encore.

La cuisine et l'office retentissaient de la voix de Jeannette, et les bords de la Garonne eux-mêmes n'avaient jamais entendu de semblables hyperboles.

« Mais qu'avez-vous, Jeannette?

— Ce que j'ai, mam'zelle Marie? J'ai que ces bandits m'ont dévalisé ma cuisine. Pas une assiette, pas un plat! Plus de marmite, pas de saucière, encore moins de raviers, ils ont tout emporté en Prusse! Ah! ils doivent être riches dans ce pays-là, en revenant de Valfleur!

— Il me semble, Jeannette, que vous avez encore bien des choses?

— Bien des choses? moi? Il n'y a pas une pauvre femme au village qui n'ait un ménage mieux' monté que le nôtre, à présent. Et mes ustensiles de cuisine? Qu'en ont-ils fait, les brigands? Ah! si j'étais un homme! Comme je courrais après eux! Comme je les forcerais à me rendre ma vaisselle, mes tourtières, mes poêlons! Je leur dirais à chacun : Rends-moi mon bien, ou je te brûle la cervelle.... Et je le ferais comme je le dis.

— Vous, Jeannette? vous tueriez un homme?

— Un homme? Belle affaire! Deux, trois, quatre, cinq, tous à la file! Ah! si je m'y mettais!

— Heureusement que vous ne vous y mettez pas, répondit Marie en souriant, car elle se rappelait les peurs de Jeannette, quand elle n'était pas exaltée par le désordre introduit dans sa cuisine.

Il fut impossible de lui faire prendre son parti; elle gémit sur les désastres éprouvés par ses casseroles, bien plus que sur la grave position de la France, qu'elle comprenait moins. Vainement Mme de Langrune voulut-elle la consoler, en lui disant que le dommage était prévu, qu'on remplacerait tous les ustensiles nécessaires; elle persista à regarder à la loupe ses petites infortunes, à gronder, à tempêter, à faire tant de vacarme qu'on eût pu croire que la guerre recommençait.

Surtout il ne fallait pas que Joseph essayât de faire rentrer sa femme dans la voie du raisonnement; la logique et Jeannette, c'étaient deux. Joseph ne le savait que trop, après quinze ans de mariage passés à étudier cette tête bouillante. A un mot sensé que lui disait son mari, elle ripostait par une suite non interrompue de sottises, qu'elle laissait tomber comme de source. Il la connaissait, et disait à Françoise, toujours un peu portée à s'aigrir devant la déraison :

« N'essayez pas de lui prouver qu'elle exagère, c'est inutile. Attendons qu'elle ait tout dit....

Je leur dirais à chacun : Rends-moi mon bien, ou je te brûle
la cervelle.

— Tout dit? Mais, mon cher, elle en a pour un an!

— Laissons du moins passer le plus gros; et comme elle ne comprend que l'impression du moment, une chose ou une autre la distraira de ses ennuis, et nous rendra la paix. »

Françoise reconnaissait la sagesse du conseil, et aussi sa propre impuissance à le suivre. De peur de faire quelque boulette, elle fuyait Jeannette comme on fuit une épidémie, et lui répondait à peine aux questions les plus étrangères à ses démêlés avec les Prussiens.

M. de Langrune prit occasion de tout ceci pour prouver à ses enfants qu'il y avait de la minutie à envisager un seul point dans l'ensemble, et à faire trop d'état de ses ennuis et de ses pertes, quand tout un pays souffre et périclite.

Lorsqu'il y eut une dizaine de jours qu'on avait recommencé cette bonne vie de campagne où Marie étudiait et jouait sous les yeux de sa mère, on lui accorda la meilleure des récompenses, celle de faire le petit voyage de Valfleur à Paris, pour aller voir Alfred au collège.

Pendant cette première visite, il ne fut question, entre le frère et la sœur, que des charmes de Valfleur, de l'état encore assez prospère dans

lequel on avait retrouvé cette terre de famille.
Marie glissait, avec un grain de philosophie,
sur les contrariétés éprouvées, sur les dégâts
commis; et Alfred continuait à dire comme
ses généreux parents : il ne faut pas nous
plaindre.

Quand on eut bien causé de ces actualités et
de celles qui occupaient en partie la tête du
collégien, savoir la balle au mur, la balle au
bond, les échasses et la petite guerre, on revint
aux souvenirs, à la fois doux et amers, des
jours de la bataille de Paris; on rendit à
Mme Berthuis cet hommage du cœur qui n'ou-
blie ni le service, ni la manière délicate dont il
a été rendu.

« Que cette femme est donc bonne! disait
Alfred, rappelant à sa sœur toutes les preuves
qu'ils avaient eues de cette bonté.

— Oui; mais Titine, comme elle est malade!

— N'aie pas peur, Marie, elle guérira. Eh
bien, les affaires marchent-elles?

— Oui, papa a tout prévu; ce sera prêt pour
le jour qui t'amènera à la campagne.

— Et le secret?

— Le secret est toujours parfaitement gardé,
malheureusement; car j'ai une envie démesurée

d'en parler à tout le monde et Françoise se moque de moi.

— Françoise a tort, car elle est de celles à qui pèse un secret, dit le grand La Fontaine.

— Tais-toi donc!

— Ah! Marie, tu lui en veux? mais rassure-toi; les deux vers qui suivent sa méchante parole ne nous font pas, à nous autres hommes, un plus beau compliment.

— Tu ne sais pas, Alfred? Maman a grand'pitié de la toux d'Ernestine, et elle veut lui porter, aujourd'hui même, une boîte de pastilles adoucissantes.

— Vous irez chez Mme Berthuis? Oh! je voudrais être là; j'aimerais revoir ces braves gens!

— Nous les reverrons, tu sais?... Dans les premiers jours des vacances.

— Chut! Marie, le secret! Tu comprends bien que c'est une épreuve; on se méfie de notre discrétion. Prends garde! Ne va pas dire un seul mot chez les Berthuis, qui laisse supposer....

— Non, non, sois tranquille; je me tiendrai à quatre! »

Marie quitta le parloir après avoir bien embrassé son frère, et tous deux se réjouirent en pensant à leur prochaine réunion, qui allait durer deux bons mois.

Mme de Langrune s'achemina, avec sa fille, du côté de la Croix-Rouge, et toutes deux montèrent lentement et paisiblement cet étage demi-obscur qu'elles avaient gravi, le 24 mai, avec tant de trouble.

Mme Berthuis, toujours le calme en personne, les reçut avec une respectueuse amitié. On avait dit que ce lien durerait toute la vie, et tous ces cœurs avaient dit vrai.

En l'absence d'Alfred, Léopold se sentait gêné, et comme il était fort difficile à sa nature entreprenante de rester immobile sur une chaise, il se remuait tant qu'il pouvait. Marie était elle-même embarrassée, tant elle avait peur de trop parler, car il ne fallait pas laisser transpirer le secret. A chaque instant, elle était sur le point de faire allusion, de lancer un mot indiscret : cependant, elle ne faillit point à l'épreuve.

Mme Berthuis, interrogée par Mme de Langrune, lui dit :

« Il y a ici de grandes affaires, ma chère dame; nous avons eu la guerre dans la maison.

— Toujours à propos de cette méchante femme?

— Hélas! oui. Comme depuis fort longtemps elle ne payait pas son loyer, et qu'on ne lui voyait faire aucun effort pour gagner de l'argent, notre propriétaire lui a donné congé. Vous pouvez vous figurer la colère qui l'a saisie? Nous n'avions plus un moment de repos. Elle criait, elle jurait!

— Oh! je crois bien! interrompit Léopold, elle disait tout haut qu'avant de partir, elle ferait du mal à quelqu'un.

— Ah! que j'aurais eu peur, s'écria la douce Marie.

— Mademoiselle Marie, ma petite n'osait plus descendre l'escalier; nous avions ôté notre clef, qui d'ordinaire reste dans la serrure; tout le monde tremblait; la vieille Mme Réthel, si faible de tête, a manqué en faire une maladie.

— Où est allée cette mégère? demanda Mme de Langrune.

— Au bout de la rue, madame, dans un petit rez-de-chaussée, qu'on lui loue presque pour rien, mais qu'elle n'aura pas la valeur de payer, car elle boit le peu d'argent qu'elle a de temps en temps, et sa misère augmente tous les jours, pendant que le travail reprend et que tout le monde se relève.

— Je l'ai rencontrée ce matin, dit Léopold, à onze heures en revenant de l'école; elle m'a lancé un regard qui m'aurait effrayé si je n'avais été sûr qu'elle a peur de maman.

— Il est donc vrai que cette femme a peur de vous?

— Oui, madame, et elle a raison. »

Mme Berthuis paraissait résolue à ne pas dire le dernier mot, et Mme de Langrune n'insista pas, tout en s'étonnant de l'espèce de fascination que Mme Berthuis, si bonne et si paisible, exerçait sur cet esprit mauvais.

« Enfin, dit la mère de Léopold, c'est une créature humaine. Ce serait un animal que j'en aurais pitié; je suis donc prête à lui rendre service si l'occasion s'en présentait, si par exemple elle était malade et qu'elle me fît appeler.

— Comment! vous iriez chez elle? s'écria Marie étonnée.

— Oui, mademoiselle; il ne faut rebuter personne, de peur de causer de plus grands maux; mais il ne faut pas non plus entretenir la paresse; c'est pourquoi je ne veux avoir aucun rapport avec Mme Bazile, à moins qu'il ne lui arrive malheur.

Mme de Langrune approuvait ces paroles, mais Léopold trouvait sa mère trop bonne.

« Comment? Après ce que nous savons? Après ce que vous avez vu, vous et papa?... Moi, je la verrais dans un fossé que je ne l'en retirerais pas!

— Allons, allons, dit en souriant Mme Berthuis, il faudrait tout de même lui tendre la main. Tant qu'elle ne fera que parler à tort et à travers, c'est demi-mal.

— Mais si elle en venait aux actes?

— Oh! dans ce cas, mon garçon, ton père déposerait, et moi aussi, et tous les gens de la maison.

— Oh! la vilaine femme! dit Marie, faut-il qu'elle soit méchante!

— Oui, mademoiselle, c'est surtout à Virginie qu'elle en veut, et puis aux riches; oh! les riches, elle les a en horreur!... comme si ce n'étaient pas eux qui nous font vivre! Pour qui donc travaillerait-on, s'il n'y avait plus de riches? Mais les journaux qu'elle lit, parce que ses dangereux amis les lui prêtent, lui tiennent un tout autre langage. »

Mme de Langrune ajouta aux paroles de Mme Berthuis celles-ci, dites à dessein pour instruire sa petite Marie :

« Cette haine des riches est aveugle, et peut mener à tous les excès ; cependant, il nous est défendu de maudire personne et, en cas de nécessité absolue, nous devons secourir les mauvais pauvres.

— Même les mauvais pauvres ? Oh ! maman, je n'aurais jamais cru cela.

— Ma petite Marie, nos devoirs sont bien grands, tu les apprendras peu à peu. »

On ne resta qu'un quart d'heure chez Mme Berthuis, le temps de parler des choses du moment, et de renouveler la promesse d'aller passer une après-midi de dimanche à Valfleur, projet qui, à l'avance, charmait Léopold et Ernestine.

« Vous viendrez dès qu'Alfred sera en vacances, n'est-ce pas ? dit avec empressement Marie.

— Oui, mademoiselle, répondit avec élan le joyeux Léopold ; nous sommes encore plus pressés que vous !

— Oh ! vous le seriez bien davantage si vous saviez .... non, rien.

— Qu'est-ce qu'il y a donc ?

— C'est un secret. »

Marie se tut, et convint en elle-même que La Fontaine avait bien raison.

Un peu humiliée de cette découverte, elle se promit d'être sur ses gardes jusqu'aux vacances et ce n'était pas une petite besogne.

On reprit donc le chemin de Valfleur. C'était le jour où la jeune femme de chambre, qui avait échappé à la Commune en allant soigner son père, devait revenir. Il avait été convenu que Jeannette irait au-devant d'elle à la gare, pour lui aider à porter ses paquets, et pour lui montrer le chemin du château; car, entrée chez Mme de Langrune au commencement de l'hiver, la jeune fille n'était pas encore venue à la campagne.

Jeannette ne dissimulait pas le plaisir qu'elle éprouvait à trouver enfin quelqu'un pour l'écouter. Aline était crédule, facile à émouvoir, et le langage fleuri de la femme de Joseph lui faisait toujours beaucoup d'impression. Comment douter quand on entend discourir avec une assurance complète, un ton affirmatif, des gestes parlants, des yeux roulants, et tous les talents déclamatoires au service de Jeannette ?

Aline fut reçue dans les grands et gros bras de Jeannette, qui avait aussi du pathétique dans ses poses, parfois.

« Eh bien, ma fille, vous voilà donc de retour? Et votre papa est guéri ?

— Oui, grâce à Dieu, madame Joseph.

— Allons, tant mieux!... quoique... pour ce qu'on fait en ce monde, ce n'est pas trop la peine d'y rester. Tout va si mal! Ma petite, telle que vous me voyez, ils m'ont brûlé jusqu'à mes chemises!

— Qui donc?

— Qui donc? Dame, ils n'ont pas dit leur nom. Ils ont mis le feu à la maison, à Paris, à toutes les maisons! toutes, toutes, toutes!

— Vrai? Il n'y a donc plus de Paris?

— Plus un brin! sauf ce qui reste; pas grand'-chose. Quant à nous, nous avons tout perdu, tout, absolument tout! Excepté que madame nous a tout rendu. »

Aline était fort surprise, et son visage débonnaire donnait des signes alternatifs d'effroi et de satisfaction; car toutes les nouvelles de Jeannette avaient un correctif qui les détruisaient en partie.

« Nous avons mené une vie d'enfer! cernés, traqués, brûlés, ruinés, tués... .

— Comment tués?

— Mais dame, guère s'en faut! Moi qui vous parle, on m'a couchée en joue!..... »

A force de l'avoir dit, Jeannette en était venue à le croire. Aline jetait des soupirs, et aurait ré-

pondu si elle en avait eu le temps ; mais la con-
teuse ne lui laissait pas celui de placer un mot.

« Ma petite, je suis tombée malade, au milieu
de tout cela, et jai manqué mourir !

— Mourir?... » hasarda la pauvre Aline, mais
on lui dépeignit en termes si chaleureux toutes
les situations par où Jeannette avait passé
qu'elle prit le parti du silence et de la conster-
nation.

« Et ici, continua Mme Joseph, quand elle eut
esquissé Paris de main de maître, ici, c'est bien
autre chose ! Les Prussiens ont tout emporté en
Prusse.

— Comment? tout?

— Oui, tout, tout, absolument tout ; excepté
les pierres du château, parce qu'elles étaient
trop lourdes, et les grands arbres parce qu'ils
étaient trop longs.

— Les monstres !

— Ah oui, c'en est des fameux ! Plus rien dans
ma cuisine ; tout est pillé, saccagé, il semble
qu'une armée de sauvages ait passé par là !
Qu'est-ce que je dis donc? Une armée de sauvages? Ils ne m'auraient pas percé mon soufflet,
tordu mes pincettes, faussé ma clef, brouillé
ma serrure ! Tenez, si je les tenais, je les tuerais

sans miséricorde! Oh! je n'aurais pas peur d'eux,
je vous assure! D'ailleurs, je n'ai peur de rien! »

Cette dernière parole inspira une certaine mé-
fiance à Aline, car cela lui paraissait un peu au-
dessus des forces humaines, et surtout des forces
féminines; elle commençait donc à ne plus écouter avec tant d'intérêt les jérémiades de Jeannette.

Enfin, au détour du chemin, lui apparut le
radieux séjour où elle était appelée à vivre,
auprès de ses excellents maîtres; le soleil
éclairait la façade; il y avait partout du gazon
et des fleurs, les oiseaux chantaient, l'air était
vif et sain, le ciel bleu, l'eau limpide; Aline
resta comme charmée sous le regard de cette
splendide nature, et comprit que sa vie de
travail lui serait douce et facile, en dépit des
verres noircis à travers lesquels Jeannette regardait toute chose en ce monde.

IX

Le secret.

« Oh que je suis contente, Alfred ! Papa vient
de me dire que tout est prêt. Il s'agit maintenant de meubler la maison blanche, de la cave
au grenier ; on t'attendait pour cela, puisque c'est
le grand plaisir de nos vacances.

— Me voici, je ne demande pas mieux que de
m'en occuper.

Alfred et Marie causaient, assis sur une jolie
terrasse, ayant pour point de vue principal le
clocher de la vieille église.

Sur la droite, à deux cents mètres tout au plus,
on apercevait un bois de peu d'étendue, qui bor-

naît l'horizon de ce côté et, adossée à ce bois, se voyait une maisonnette sans beauté, mais parée de toutes les grâces des champs. Un superbe tilleul la protégeait contre les ardeurs du soleil, qu'elle regardait en plein midi, et un enclos de deux arpents touchait au bâtiment; c'était une gaie prairie, dont quelques pommiers coupaient la monotonie et augmentaient la valeur. Deux beaux poiriers embrassaient de leurs branches les murs extérieurs du logis, et une haie vive servait de défense de tous côtés.

La maison à laquelle l'épithète de *blanche* avait été autrefois attachée, s'était noircie au passage du temps, et ne servait plus, depuis longues années, qu'à engranger du foin et à remiser des instruments aratoires. Placée sur les terres de M. de Langrune, celui-ci l'avait laissée tomber en désuétude, et se contentait de faire faucher la prairie deux fois par an, et récolter les fruits .Elle n'offrait qu'un rapport insignifiant, et néanmoins personne n'aurait pensé à la faire disparaître, tant elle formait, de ce côté du paysage, un charmant point de vue.

Des fenêtres du château ouvrant sur le couchant, on voyait le profil de cette construction

rustique, le tilleul, la petite cour pleine d'herbes
incultes, la grande prairie et ses pommiers, le
tout dominé par le feuillage sombre du bois,
connu sous le nom de Bois de la Flèche.

La Maison blanche semblait nécessaire de ce
côté, où l'œil se perdait dans la nudité de la
campagne; et l'on avait dit souvent que, toute
petite et pauvre qu'elle fût, elle avait sa raison
d'être. En effet, les mains qui l'avaient bâtie ne
savaient pas ses humbles destinées; mais Dieu,
qui conduit tout, la voyait dans l'avenir servant
de retraite à ceux qui étaient si véritablement *de
braves gens*, et défendant la jeunesse maladive
de leur enfant, contre le mal cruel qui avait
naguère frappé leur fille aînée.

Voici donc quel était le secret confié à Alfred
et à Marie par leurs parents : Attirer dans ces
belles campagnes l'honorable famille qui végé-
tait à Paris, lui donner en propriété ce petit
bien, d'une valeur de quatre à cinq mille francs,
et leur constituer ainsi une modeste aisance,
qu'ils augmenteraient par leur travail.

Le projet, conçu d'abord dans le cœur de
Mme de Langrune, en présence de la pâleur
d'Ernestine, avait été promptement adopté par
le cœur généreux de son mari, et il avait été

convenu qu'on ferait réparer la maisonnette, et qu'on lui rendrait la blancheur qui justifiait son nom.

Tout étant prêt, et le fameux dimanche s'approchant, les parents avaient laissé à leurs enfants le plaisir de chercher dans le château, avec l'aide de Françoise, quelques meubles simples, qui rendissent commode la petite habitation. Il fallait d'habiles combinaisons pour approprier le mobilier aux besoins, de manière que celui de Paris s'y ajoutant plus tard, ne produisît pas d'encombrement, mais y amenât encore plus d'aisance.

Françoise, se faisant une joie du bonheur d'Alfred et de Marie, venait en ce moment les chercher.

« Mes enfants, disait-elle, nous allons courir du haut en bas, et nous choisirons ce qu'il nous faut.

— Nous voici Françoise; oh! que c'est amusant! Cherchons. D'abord, que nous faut-il? Des lits, car ceux de Paris ne sont certes pas beaux!

— Les lits ont déjà été envoyés par monsieur, mon cher enfant; mais il nous faut deux commodes, une table à manger, un fauteuil, pour se reposer en cas d'indisposition, une dizaine de chaises de paille, un garde-manger, une petite glace sur la cheminée, un buffet, quelques gravures encadrées; de la vaisselle, une petite batterie de cuisine.

— Oh! quel bonheur, dit Marie, d'ôter quelque chose de sa propre maison pour faire plaisir aux autres! Je n'aurais jamais compris cela si bien sans Mme Berthuis, qui trouve de plus pauvres qu'elle pour leur faire un peu de bien.

— Voilà comme on apprend, ma petite Marie, à être de bons riches, comme le sont vos parents. Allons! partons. »

Les enfants, à la suite de Françoise portant un trousseau de clefs, montèrent le grand escalier, et allèrent visiter quelques chambres dont on ne se servait jamais, et qui avaient été meublées commodément, mais sans élégance. Ils eurent bientôt jeté leur dévolu sur certains meubles; mais il fallut promptement modérer leur ardeur. A chaque instant, l'un ou l'autre s'écriait :

« Encore ceci, Françoise! Encore cela!

— Mais vous n'y pensez pas, mes enfants, répondait la vieille bonne, qui ne perdait jamais son sang-froid, si l'on vous laissait faire, vous dévaliseriez le château, et il faudrait élargir du double la Maison blanche pour y entasser, les uns par-dessus les autres, tous les meubles que vous choisissez. Un moment! N'allons pas si vite. »

On se calma autant que possible. Françoise fit écrire par Alfred la liste des objets qu'on se proposait d'enlever, et cette liste fut soumise le soir même aux parents qui ne manquèrent pas de l'approuver.

M. et Mme de Langrune jouissaient des éclairs de joie qu'ils voyaient dans les yeux d'Alfred et dans ceux de Marie. Ces chers enfants étaient si affairés qu'ils se seraient volontiers passés de dîner, si on leur eût permis de commencer le soir même, avec Joseph, le petit emménagement. On leur dit de prendre patience, de bien dîner d'abord, puis de se lever le lendemain de bonne heure, afin de présider, et même de travailler de leurs mains, à cette œuvre qui était tout à la fois un plaisir, un bienfait et un témoignage de reconnaissance.

« Demain, je suis obligée d'aller à Paris pour affaire, dit Mme de Langrune, je vous donnerai Françoise et Joseph, et vous vous amuserez toute la journée à transporter les meubles et tous les objets destinés à ces braves gens, et à leur assigner à chacun la place la plus convenable. »

Cela se fit ainsi. A six heures du matin, Alfred allait frapper à la porte de Marie.

« Es-tu réveillée? ou bien dors-tu? lui criat-il d'une voix vibrante.

— Je dormais, répondit-elle doucement, mais certes, je ne dors plus! »

Elle promit de se lever tout de suite, de s'habiller en hâte, et aussi simplement que possible, pour être plus à l'aise dans ses mouvements. Mais Alfred, qui se méfiait toujours des envies de dormir de Marie, monta la garde dans le corridor, jusqu'à ce qu'il eût vu apparaître la rieuse figure de sa gentille sœur.

Il avait cet air pressé, soucieux, qu'ont les hommes fort embesognés, qui craignent que la journée ne soit pas assez longue pour tout ce qu'ils ont à faire. Françoise s'amusait beaucoup de cette préoccupation, et se disait une fois de plus : « Est-il gentil, c't-amour d'enfant! »

Joseph avait attelé la jument à la charrette. Aidé du jardinier, il y plaça les commodes, le buffet, etc. Mais les enfants virent avec satisfaction que la capacité de la charrette ne per-

mettait pas de porter à la Maison blanche beaucoup de choses à la fois. Cela promettait que
le plaisir durerait longtemps.

Comme cette belle journée devait être pour
eux un congé amusant, Alfred fut chargé de
conduire la jument quand il eut installé Marie,
tant bien que mal, dans la charrette. Elle y
était, bien entendu, aussi peu commodément
que possible, mais néanmoins ravie de l'aventure !

Joseph marchait en avant, et Françoise protégeait du regard les braves emménageurs.

Arrivés à la Maison blanche, on la trouva
lavée, balayée, d'une propreté digne des ménagères hollandaises. Quatre pièces composaient
toute l'habitation, et un vaste grenier couvrait
ces quatre pièces.

En entrant, une grande chambre, servant à
la fois de cuisine et de salle à manger, selon
la mode des campagnes. Au fond, une porte
donnant entrée dans la chambre à coucher,
saine et aérée; tout à côté, un grand cabinet
bien clair pour Ernestine, afin qu'elle eût
l'exposition du midi, et à gauche, un petit
réduit, bien éclairé aussi, où le gros Popol
allait se trouver le plus heureux des garçons.

Joseph marchait en avant, et Françoise protégeait du regard les braves emménageurs.

Alfred et Marie pénétrèrent avec un indicible plaisir dans la maisonnette; ils se sentaient à la tête d'une entreprise, et ne pouvaient mettre en doute le succès. Ce succès, c'était le bonheur des braves gens.

Il y eut quelques petites querelles, à l'eau de rose, quand il s'agit du placement des meubles. L'un plaidait pour cette encoignure, l'autre s'élevait contre le plan. Joseph riait, et Françoise finissait toujours par trancher la question.

Quel amusement de donner à ces chambres vides un aspect riant, aisé, tout en leur laissant ce cachet de simplicité qui maintient l'harmonie entre l'habitation et les habitants. Marie faisait cent pas pour un, s'agitant bien plus qu'il n'était nécessaire. Alfred éprouvait un plaisir inconnu à s'occuper des autres, et se répétait à chaque instant, sans le moindre orgueil, car il avait beaucoup d'esprit :

« Quel bonheur d'être riche! »

Après avoir casé le mieux possible les meubles que contenait la charrette, on retourna *au pillage*, comme disait Jeannette; car elle n'approuvait nullement la décision qu'avait prise ses maîtres d'enrichir des gens qui leur avaient rendu un signalé service. Trouvant une occasion de plus, elle la saisissait pour dire qu'on ne savait qu'inventer pour se nuire.

Lorsque Françoise, forte de son mandat, s'avança vers le domaine de Mme Joseph pour laisser Marie choisir avec discrétion quelques assiettes, tasses, soucoupes, on entendit la foudre éclater avec un tel bruit que l'on en fut déconcerté.

« C'est un peu fort! criait l'autocrate, après m'être vue ruinée de fond en comble par les Prussiens, il faudra que je donne le peu qui me reste à des gens qui ne sont pas du pays? Qu'ils viennent me chercher mes assiettes et mes plats, ils seront bien reçus!

Joseph eut le malheur de reprendre sévèrement sa femme, en lui montrant l'inconvenance de son opposition à la volonté de ses maîtres. Alors, elle monta sur ses grands chevaux, cria, tempêta, et finalement déclara qu'elle n'était plus responsable de rien, qu'on pouvait tout prendre, tout donner, à n'importe qui, et que cela lui était fort égal.

Marie, en petite maîtresse de maison qui s'y entend déjà, prit en silence une douzaine d'assiettes d'office, six verres, une carafe et le strict nécessaire d'un ménage, qui devait être complété par celui de Paris, en temps et lieu.

Après cette conquête, qui avait demandé un peu d'audace, les enfants, guidés par la vieille bonne, et aidés au besoin, emballèrent la vaisselle, avec force foin, dans un grand panier, que Joseph plaça dans la charrette, en compagnie du miroir, des gravures, des chaises, etc., etc.

On fit ainsi quatre voyages, coupés par un déjeuner copieux, car les petits emménageurs mouraient de faim.

La maison blanche se trouva pour ainsi dire pleine; toutes les exigences d'une vie simple et laborieuse y étaient prévues.

Les forces n'étant point les mêmes, Françoise finit par déclarer, après un coup d'œil jeté sur l'ensemble, qu'elle en avait assez, et même trop. Mais les jambes souples des enfants ne se lassaient pas, et ce fut à regret qu'ils quittèrent la future maison de Mme Berthuis, se proposant d'y revenir le lendemain, avec leur mère, pour lui soumettre leurs travaux. Mme de Langrune avait nécessairement la haute direction de l'entreprise et devait prononcer en dernier ressort sur toutes les questions en litige.

Le soir, Mme de Langrune trouva ses heureux

enfants charmés de leur journée; la conversation ne tarissait pas; il fallut raconter en détails
les petites difficultés et la réussite. Les yeux
d'Alfred étaient brillants; le sourire de Marie
reposait sa mère.

« Que je suis donc contente, mes petits amis,
disait-elle, d'être à même de vous procurer un
si doux passe-temps! Convenez que la fortune
est une belle chose.

— Oh oui! maman, répondirent-ils, tous deux
ensemble.

— Eh bien, il y a quelque chose de meilleur
encore, c'est de savoir en jouir, et c'est précisément cela que je veux vous apprendre. Faire du
bien, c'est le jeu des riches, entendez-vous?

— Oh! quel jeu amusant!

— N'est-ce pas, ma petite fille?

— Et cela ne coûte pas plus cher qu'un
autre.

— Non, mon bon Alfred, moins cher que beaucoup de jeux dont on se lasse vite, et dont il ne
reste rien. »

Alfred, à travers ces aperçus philosophiques,
faisait force gambades, et la pleine liberté de la
campagne le mettait plus que jamais en humeur
joyeuse. Sur ce point, il s'entendait à merveille

avec Léopold, et se promettait de mettre à profit, dans l'occasion, les tendances rieuses du
futur habitant de la Maison blanche.

Le lendemain, dès huit heures du matin, on
voulait entraîner Mme de Langrune à la lisière du
bois, afin d'avoir plus tôt son assentiment sur tout
ce qui s'était fait la veille. Elle eut quelque peine
à se défendre, alléguant les occupations mati-
nales d'une maîtresse de maison à la campagne.
Il fut convenu qu'on irait tous les trois ensemble,
après le déjeuner, vers midi.

L'horloge n'avait pas frappé son douzième
coup qu'Alfred rappelait la promesse, et l'heureuse mère partit aussitôt, longeant le parc, et
sortant par une porte dérobée qui donnait accès
à un petit sentier conduisant directement à la
Maison blanche.

Alfred était porteur des clefs, il introduisit
gaiement Mme de Langrune, lui faisant les honneurs de la petite habitation, et vraiment elle
fut enchantée de l'aménagement intérieur. Ces
meubles étaient propres et suffisants; dans
chaque pièce, il y avait assez; bien qu'on eût eu
soin de réserver une place pour ce qu'on tien-
drait à apporter de Paris, car le pauvre a ses
souvenirs comme le riche.

14

« C'est très bien, mes enfants, j'approuve tous vos choix.

— Ce qu'il y a de drôle, chère maman, c'est que les bons Berthuis seront plus riches, et que nous ne serons pas plus pauvres. Ce que nous avons ôté de la maison ne fait presque pas de vide, quoi qu'en dise Jeannette.

— Laissons déraisonner cette tête sans cervelle ; jouissons tranquillement de ses sauces piquantes et de ses entremets, et faisons tout bonnement ce qui nous amuse. Quelques centaines de francs, sacrifiés par votre père, ont suffi pour rendre cette maisonnette digne d'abriter une honorable famille ; et les quatre cents bottes de foin, qui nous manqueront chaque année, seront pour nous l'objet d'une perte absolument insensible. »

Alfred entr'ouvrait à chaque instant la bouche comme pour commencer une phrase, à laquelle il paraissait tenir beaucoup ; mais il la refermait aussitôt. De son côté, Marie regardait depuis un moment un des pieds de la table à manger, et il y avait tout à parier que son esprit était cette fois bien loin de son regard. Chacun d'eux pensait la même chose et n'osait pas parler. Enfin, Alfred se décida.

« Maman, vous avez bien raison de nous dire

quelquefois qu'on n'est jamais tout à fait content.

— Vraiment? J'espérais m'être trompée, car je vous voyais enchantés. Ce que nous avons fait là n'est-il donc pas bien, et ne répond-il pas à votre pensée, à vos désirs?

— Oui, maman, c'est très bien, mais ce n'est pas encore assez.

— Ah! petits insatiables, que vous faut-il encore? »

Alfred ne continuait pas; mais comme il avait ouvert une porte, la gentille Marie y entra résolûment.

« Eh bien, ma petite maman, si vous voulez vous asseoir un instant dans le fauteuil de Mme Berthuis, je vous raconterai un joli rêve que nous avons fait ensemble, Alfred et moi.... mais tout éveillés.

— Oh! je m'en doute, c'est toujours ainsi que se font les beaux rêves. Voyons? raconte-moi cela.

— Maman, nous disions hier, après avoir meublé la maison par votre générosité : Tout cela est plein, mais c'est sans vie! Le grenier est vide, la cave aussi, le bûcher..., tout est mort. Est-ce qu'il faudrait beaucoup, beaucoup d'argent pour animer cette petite demeure? pour faire en sorte qu'on n'ait plus qu'à s'y installer en trouvant partout des provisions?

— Ma petite amie, je vais te faire bien plaisir en te disant que ton père a eu, avant vous, cette bonne pensée. Les braves gens verront avec joie leur grenier plein de foin, leur bûcher plein de bois, leur petite cave contenant une pièce de vin, meilleur que celui qu'ils boivent d'ordinaire.

— Oh! quel bonheur! s'écrièrent ensemble Alfred et Marie.

— Vous voilà satisfaits, je l'espère?

— Oui maman, ma sœur et moi, nous sommes très contents, et nous reconnaissons que vous et papa êtes très généreux; mais nous désirerions contribuer, nous aussi, à orner la Maison blanche.

— Quoi! Voudriez-vous, par un contre-sens fréquent à notre époque, y introduire un certain luxe? Ce serait un tort. Il faut avant tout de l'harmonie, que tout soit bien à sa place.

— Non maman, je ne me suis pas expliqué. Nous désirerions remplir utilement ce petit bien microscopique, et y participer de notre bourse particulière. Mettre dans la basse-cour des poules, et dans l'étable une jolie petite vache bretonne!

— Chère maman! Est-ce que c'est impossible?

— Non, mes petits enfants, ce n'est pas impossible; mais il ne faut plus rien demander à votre père.

— Non, non, Marie et moi, nous sommes riches!

— Vous êtes riches? Tant mieux; vous pourrez en profiter pour agir largement.

— Maman, Marie n'a dépensé que la moitié de ses étrennes.

— Et j'avais eu cent francs de vous et cent francs de papa; plus, quarante francs de ma tante.

— Tu as donc cent vingt francs? C'est fort beau!

— Pas si beau que le trésor d'Alfred.

— Quoi! Alfred thésaurise? Il vaudrait peut-être mieux s'accoutumer à dépenser raisonnablement.

— Ne me grondez pas, maman; je ne deviendrai pas avare, ne craignez rien! J'avais amassé cent soixante francs pour m'acheter une belle bibliothèque, et faire relier élégamment tous mes livres.... Hélas! mes pauvres livres sont brûlés; que faire d'une bibliothèque? J'offre donc de joindre aux cent vingt francs de Marie mes cent soixante francs. Deux cent quatre-vingts francs, est-ce assez pour acheter une petite vache bretonne et une douzaine de poules?

— Non, ce ne serait pas tout à fait assez.

— Maman, il me vient une idée. Papa est si bon qu'il m'a dit l'autre jour : « Ma petite fille, si tu fais des progrès dans tes études, je te donnerai une jolie pendule pour remplacer celle que la guerre t'a enlevée. » Cela m'a fait beaucoup de plaisir; mais au fait, j'entends sonner l'heure à la vôtre. Maman, dites-moi, avec deux cent quatre-vingts francs, et une pendule, peut-on avoir des poules et une vache?

— Cela dépend de la pendule; mais sois sans inquiétude; ton père te destinait bien sûr la somme qui complétera le prix d'une bonne vache; c'est entendu.

— Oh! quelle joie!

— La vache, si elle est bonne laitière, paiera son entretien, et mettra de l'aisance chez ces braves gens; car pendant sept ou huit mois de l'année, elle aura pour principale nourriture la bonne herbe du pré. Sa litière fera d'excellent fumier, et les deux arpents de terre rendront davantage; puis Mme Berthuis vendra le lait, fera du beurre, voire même du fromage.

— Oh! maman, Léopold va être bien content,
lui qui aime bien mieux le travail de la campagne que celui de la ville!

— Et Ernestine? Le bon air va lui faire du
bien.

— Je l'espère beaucoup, mon enfant. C'est
cette espérance qui nous a engagés à acquitter
ainsi en partie notre dette de reconnaissance.

— Maman, combien donc coûte une poule?

— Quatre francs en ce moment, parce qu'elles
sont en pleine ponte.

— Quarante francs pour en avoir dix!
Comment allons nous faire? Il faudrait être
encore plus riche, toujours plus riche!

— Non, ma bonne Marie, il faut se contenter
de ce qu'on a, et suppléer à ce qui manque par
une bonne administration. Voici ce que vous
pourrez faire.

— Ah! voyons?

— Vous achèterez trois poules.

— Déjà douze francs!

— Puis nous chercherons, dans le village,
une poule couveuse, dont les petits soient déjà
éclos, et nous achèterons toute la famille pour
sept ou huit francs. Quand les petits auront six
mois, Mme Berthuis gardera les poulettes, pour

achever de monter sa basse-cour, et nous vendra ses coqs, que nous aurons soin de lui payer bien cher, sans marchander, parce que la saison sera rigoureuse, et qu'il aura fallu plus de soins.

— Maman, ce sera très amusant!

— C'est vrai Marie, je te l'ai déjà dit : même en dehors de la joie de la conscience, il n'y a pas de plus joli jeu que de *s'amuser à faire du bien*. »

X

Madame Berthuis,

Une femme aux yeux hagards, aux lèvres desséchées par la fièvre, était étendue sur un lit, dans une mauvaise chambre, dont la tristesse augmentait encore celle de la malade. A cette malheureuse, tout était refusé; elle avait peu d'air, peu de lumière, jamais de soleil; elle avait froid, elle avait peur, et personne ne la plaignait.

Il y a quelques semaines encore, elle affectait un air effronté, une désinvolture hardie, une parole menaçante. Elle injuriait, elle blasphémait, et les enfants qui la rencontraient se

détournaient de son chemin, car l'aspect de cette
chevelure sauvage, de ces vêtements sales et
déchirés, leur causait une frayeur involontaire.
Aujourd'hui, c'est tout le contraire. Elle craint
même les enfants; tout être civilisé lui paraît
redoutable. On dirait que son crime est écrit en
traits de flamme sur son front, depuis longtemps
déshonoré.

Brûlée par l'insomnie, sans force pour se
lever de sa misérable couche, elle souffre d'une
soif violente et n'a pas de quoi se désaltérer;
car il n'y a plus d'eau dans son pot de grès,
et sur sa table on ne voit que des bouteilles
vides, grandes et petites, tristes témoins de ses
excès! Le vin, depuis plusieurs années, a commencé le travail de destruction; l'eau-de-vie l'a
achevé. Les derniers mois de cette existence,
usée avant la maturité de l'âge, ont été consa-
crés à la révolte, à ce délire qui fait accuser la
société entière, la mettre en jugement, la con-
damner, la détruire si on le peut.

« J'ai soif, disait la femme Bazile, j'ai soif, je
brûle, et personne ne viendra me donner à boire !
Ils me détestent tous! Et ceux qui semblaient
mes amis, ceux qui m'avaient enrôlée en me
promettant de l'or, où sont-ils? Cachés, empri-

sonnés, ou fusillés! Et moi, j'ai peur.... j'ai
peur.... On le sait, on m'a vue!... Et pourtant
c'est encore cette femme qui viendrait si je l'ap-
pelais! Elle me l'a dit; et malgré tout, elle n'a
pas voulu me maudire, parce qu'elle assure que
Dieu ne maudit pas! »

En ce moment, un enfant jouait dans la petite
cour humide et malsaine sur laquelle donnait
la fenêtre de la malade. Dans cette chambre, qui
ressemblait plutôt à une écurie qu'à la demeure
d'une femme, il y avait si peu d'espace qu'on
pouvait, du lit, toucher une des vitres. Elle
frappa de son doigt osseux, presque décharné,
et le petit garçon tourna la tête. Alors elle lui
jeta un nom béni, et une adresse, le suppliant
d'aller demander à cette adresse un peu d'aide.

Le jeune enfant alla trouver sa mère, et lui
dit de quelle commission on venait de le
charger.

« Cette vilaine femme du rez-de-chaussée a
une bien mauvaise figure! répondit la mère,
mais puisqu'elle est si malade, va où elle t'a dit,
car ce serait un chien qu'il faudrait encore en
avoir pitié. »

L'enfant courut jusqu'à la maison, pauvre et
basse, où toutes les douleurs trouvaient com-

passion et secours. Il s'arrêta au premier étage, frappa, tourna la clef, et entra.

« C'est ici chez Mme Berthuis?

— Oui, mon petit homme, qu'est-ce que tu lui veux?

— C'est Mme Bazile qui vous demande tout de suite, parce qu'elle est bien malade.

— J'y vais, » répondit l'honnête femme, et elle donna au petit commissionnaire trois prunes pour sa peine. Il s'en alla bien content.

Alors, Mme Berthuis éprouva ce qu'on éprouve devant un devoir qui répugne, dont on aurait bien voulu être dispensé, et qu'on accomplira néanmoins. Il lui revint en mémoire tout ce qu'elle savait du passé de cette femme; c'était affreux! Elle aurait donné beaucoup pour ne plus jamais entendre parler d'elle. Mais cette indigne créature était abandonnée, mourante; on ne pouvait pas la repousser.

Prenant donc la ferme résolution de pousser jusqu'au bout la charité, elle ne dit pas à ses enfants où elle allait, car ils avaient en horreur la femme Bazile, et prétexta une affaire qui la retiendrait un certain temps hors du logis.

On la vit sortir, un panier au bras; dans ce panier, elle avait mis du sucre, une demi-bou-

Elle frappa de son doigt osseux, presque décharné

teille du vin que buvait Ernestine, quelques
biscuits, ce qu'elle pensait pouvoir convenir à
un estomac délabré. En s'en allant, son cœur
défaillait; il fallait donc revoir cette femme qui,
tout dernièrement encore, avait menacé les
enfants de Virginie; cette femme qui avait
rempli la maison de ses injures, de ses blas-
phèmes, de sa hideuse colère.

Elle entra dans la petite cour humide, des
quatre côtés de laquelle s'élevaient comme les
parois d'un puits sombre, quatre murs percés
d'étroites fenêtres. Quelle tristesse! quelle tom-
beau! Elle en frémit. Mme Berthuis frappa à
une porte.

« Qui est là? demanda une voix irritée.

— C'est moi, répondit simplement la mère
d'Ernestine.

— Mme Berthuis!... »

Ce nom, dans la bouche de la malade, c'était
le secours, c'était le salut. On eût dit que la
Providence venait à elle en personne pour lui
faire grâce, malgré la grandeur de ses fautes.

Elle se dressa avec peine, se glissa le long du
lit, et étendant le bras, ouvrit la porte qui était
au pied de sa couche; puis elle retomba exténuée.

« Bonjour, madame Bazile, dit la visiteuse,

en s'efforçant de maîtriser son émotion; vous voilà donc bien malade?

— Pas encore assez; je voudrais en avoir fini avec l'existence.

— Allons, vous avez la fièvre, je vais vous donner à boire.

— A boire! oh oui! je meurs de soif! »

Mme Berthuis s'aperçut alors qu'il n'y avait même plus une goutte d'eau chez la malheureuse qu'elle venait secourir. C'était l'heure où sont ouvertes, dans Paris, les bornes-fontaines; elle prit un vieux pot de faïence, et se mit en devoir de remplir le vase de grès; mais dès qu'elle eut apporté dans le réduit obscur un peu d'eau, elle en mit dans un verre, et comme elle voulait la sucrer, la malade lui dit avec ardeur :

« Non, donnez, donnez! »

Elle prit le verre d'une main tremblante, but d'un seul trait et dit :

« Encore! encore! je brûle! »

Elle fut soulagée, la pauvre femme; son anxiété diminua, son regard chercha le bon regard de Mme Berthuis, et quand elle l'eut rencontré, elle dit :

« Vous avez donc pitié de moi, vous qui savez tout? Ah! comme vous êtes bonne!

— Auriez-vous donc supposé que je fusse capable de vous repousser ?

— Ah! si vous l'aviez fait, j'aurai dit : c'est fini, je suis perdue !

— Non, vous n'êtes pas perdue; il est toujours temps de se repentir; Dieu pardonne.

— Dieu? peut-être! vous le dites; mais les hommes! s'ils savaient....

— Vous le voyez, nous ne vous avons pas trahie, et pourtant!...

— Pourtant, vous pouviez me dénoncer, me livrer à cette justice implacable, que je redoute tant!

— Craignez plutôt la justice d'en haut.

— Vous avez raison, ma vie a été affreuse! Ce que vous en avez connu a dû vous faire horreur !

— Oui; mais je me suis souvenue que vous n'avez pas toujours été perverse. Il fut un temps, vous l'avez dit vous-même, où vous étiez une honnête ouvrière.

— C'est vrai, mais le désir d'avoir de l'argent m'a tuée.

— Assez parler, Mme Bazile, vous vous agitez, cela vous fait mal. Laissons là le passé; ne pensons qu'au présent et à l'avenir.

15

— L'avenir? il n'y en a pas sur la terre pour
moi.

— Silence, calmez-vous. Je vais arranger votre
lit; peut-être, quand vous aurez pris quelques
gouttes de vin sucré, pourrez-vous dormir un
peu. »

La malade se laissait faire comme une masse
inerte; elle n'opposait aucune résistance, soit
morale, soit physique, à cette puissance bonne
et secourable, dont les mains lui faisaient tant
de bien. Avec son habileté ordinaire, Mme Berthuis remit en une heure un peu d'ordre dans
ce réduit; elle en renouvela l'air, elle en enleva
la poussière; elle se donna tout entière avec
toute sa bonne volonté, pour prouver à son ancienne voisine qu'elle ne demandait qu'à lui faire
du bien; et celle-ci en fut à la fois humiliée et
touchée.

Quand elle vit la malade rafraîchie et soulagée,
elle lui fit entendre que ses affaires la rappe-
laient à son domicile.

« Oh! ne me quittez pas encore! dit la sup-
pliante; si vous n'avez pas de mépris pour moi,
asseyez-vous là un moment!

— Dieu me garde de mépriser personne! répondit Mme Berthuis, en prenant la seule chaise

disponible; mais vous avez tort de vouloir
parler.

— Non, j'en sens le besoin; écoutez-moi, je
vais bientôt mourir; je veux vous remercier de
vos conseils, que je n'ai pas suivis malheureusement; de vos bienfaits, dont je n'ai pas été reconnaissante. Ce dernier me confond! Vous êtes
venue chez moi! vous m'assistez. Ah! si je
n'avais pas subi d'autre influence que la vôtre!
Ils m'ont trompée, ceux qui m'ont fait maudire
mon sort, me révolter contre le travail, haïr les
riches. Vous ne savez pas encore qui je suis,
vous ne me connaissez pas. Je veux que vous
me connaissiez.

— Assez, assez. Je ne veux pas savoir jusqu'à
quel point vous vous êtes égarée. D'ailleurs, j'en
sais déjà trop!

— Ah! vous parlez de mon mari infirme, que
je soignais à peine, que je brusquais, parce qu'il
ne pouvait plus me gagner assez d'argent pour
acheter des toilettes, ressemblant à celles des
dames du monde. Vous avez raison, je suis une
malheureuse! André avait besoin de soins, de
compassion, d'amitié; je lui ai refusé tout cela.
Il est mort de chagrin, plutôt que de son mal.

— Je le sais, dit gravement Mme Berthuis, et

ses yeux se remplissaient de larmes en revoyant par la pensée l'ouvrier blessé, qui avait tant souffert par le cœur, et s'en était allé de ce monde presque chassé par cette femme qui, ne tirant pas de lui assez d'argent, ne le supportait plus.

— Et ma petite fille !...

— Assez, dit encore Mme Berthuis.

— Non, je ne me tairai pas ; le remords me force à parler.

— Ce n'est pas à moi qu'il faut faire des aveux.

— Laissez-moi parler. Vous aviez tous compassion de ma petite fille ; vous disiez tous que je la faisais trop travailler, que je la nourrissais à peine, que je la battais sans cesse ! Le père Navaux la plaignait bien ! Il lui donnait du pain et du fromage, quand je n'étais pas là. Virginie ne m'a plus jamais adressé la parole depuis que ma pauvre enfant est morte. Le jour de l'enterrement, je l'avais entendue dire : « Morte, faute de soins ! »

La vieille dame au chat m'avait fait honte devant vous, me reprochant d'avoir maltraité et surchargé une enfant de huit ans, si chétive ! Je me voyais tant méprisée que cela m'irritait. Eh bien, vous aviez tous raison, je méritais bien plus

que le mépris!... Et maintenant, dans l'obscu-
rité de cette affreuse chambre, je crois sans cesse
voir l'ombre de la petite Louise; elle est maigre,
pâle, elle me montre du doigt la marque des
coups que je lui ai donnés, et qui ont hâté sa
fin! Elle me dit que je n'ai pas voulu travailler
pour la nourrir, jusqu'à ce qu'elle eût la force de
gagner son pain. Enfin, elle me dit que, dans sa
dernière maladie, je n'ai rien fait pour la sauver.
Et c'est vrai! j'ai trompé le médecin, je ne faisais
rien de ce qu'il ordonnait, et je menaçais l'enfant
de la battre si elle disait un seul mot. C'est donc
moi qui l'ai tuée? Dans ce petit être souffreteux,
je ne voyais qu'une charge, un embarras; je l'ai
laissée mourir.... C'est donc ma faute?

— Oui, dit Mme Berthuis, et son calme visage
s'était assombri, car elle aussi voyait dans sa
mémoire la petite Louise, pâle, osseuse, dont
chacun disait : « On ne l'a jamais vue rire. »

— Vous m'écrasez!

— Vous êtes coupable, très coupable. Je n'ai
pas attendu cette heure pour vous le reprocher.

— Oh! je m'en souviens! Le médecin a causé
longtemps avec vous, et vous m'avez dit que si
l'on voulait faire une enquête contre moi, je
serais obligée de paraître en justice. Oh! comme

j'avais peur de vous! Et pourtant, je vous savais
gré de votre pitié; j'avais confiance en vous,
madame Berthuis, votre bonté m'aurait relevée,
si les autres.... Ah! les autres! Ils m'ont fait
boire, ils m'ont dit qu'il fallait en finir avec la
pauvreté, qu'on allait tout changer; je les
ai crus! J'ai promis de faire tout ce qu'on
voudrait.... Alors, ils m'ont excitée contre les
riches, et puis la Commune.... et puis le pé-
role.... Ah! vous ne savez pas!....

— Je sais tout, dit froidement Mme Berthuis,
et je vous répète encore que si je ne vous ai pas
trahie, c'est uniquement par compassion. Et
maintenant, je veux vous aider à mourir, car
vous en êtes là; si je ne vous ai pas livrée, je ne
veux pas non plus vous tromper. »

Mme Berthuis voyait se joindre au sombre désespoir de cette malheureuse un tremblement
effrayant; une sueur froide couvrait son visage,
elle semblait aux pieds de son juge.

« Vous ne m'avez rien appris, reprit l'excellente femme; du moment que je ne vous ai pas
abandonnée à la justice des hommes, je veux, à
plus forte raison, vous sauver de la justice de
Dieu. Vous sortirez de ce monde l'âme en paix.

— En paix? il n'y a plus de paix pour moi,

Je ne peux pas réparer le mal que j'ai fait, je suis perdue!...

— Si vous avez bonne volonté, souvenez-vous de cette parole que vous avez lue, ou entendue, dans votre jeunesse : « Gloire à Dieu « dans le ciel, et paix sur la terre aux hommes « de bonne volonté. »

La malade était épuisée par l'effort qu'elle avait fait, sous la pression de ses affreux remords; elle tomba dans un état de prostration qu'on avait pu prévoir, et Mme Berthuis ne vit plus en elle que la victime des faux penseurs, des lectures dangereuses, des entraînements d'une foule émue et trompée.

« Écoutez-moi, dit-elle, je reviendrai dans deux heures, et d'ici là je pense que vous allez dormir un peu. J'emporte votre clef, vous êtes ma prisonnière. »

La femme ouvrit les yeux, une larme tomba; ce n'était plus le désespoir, c'était l'attendrissement. Être la prisonnière d'une femme comme Mme Berthuis!

« Vous êtes une sainte! » murmura-t-elle, puis elle ne dit plus rien.

Mme Berthuis lui donna encore à boire; et, se surmontant elle-même, tant cette perfide épouse, cette mauvaise mère, cette pétroleuse lui inspirait d'éloignement, elle lui serra la main.

Il y avait bien des années qu'une personne estimée de tous ne lui avait serré la main; elle en fut profondément touchée; c'était comme le commencement de sa réconciliation avec le Ciel. Peu après, ses paupières étaient closes, et son esprit se reposait de ses terribles souvenirs dans un court et trompeur sommeil.

De retour dans sa maison, Mme Berthuis monta chez Virginie, qui travaillait sans lever la tête, installée devant sa machine à coudre. Elle lui apprit l'état cruel de l'ancienne voisine, et la douce Virginie lui répondit du ton le plus simple :

« Ma bonne madame Berthuis, si vous voulez prendre chez vous mes petites filles, je passerai la nuit près de Mme Bazile. Ce n'est pas que je l'aime, certes! Mais nous autres, pauvre monde, nous ne pouvons faire la charité qu'en donnant un peu de notre temps et de notre sommeil.

— Je prendrai vos petites filles, Virginie; on mettra par terre un des grands matelas, et elles dormiront bien tranquillement. »

Ainsi les pauvres faisaient une admirable aumône; et la coupable allait être à demi purifiée par le contact de ces deux femmes.

Le lendemain, comme Mme Berthuis sortait de sa maison pour se rendre auprès de celle qu'elle appelait sa prisonnière, elle rencontra Mme de Langrune qui était venue à Paris pour affaire, pendant que ses aimables enfants meublaient la maison blanche, en s'amusant de tout leur cœur.

« Bonjour, madame Berthuis; eh bien, est-ce dimanche prochain que vous venez en famille nous voir à Valfleur?

— Hélas! non, madame. La pauvre Mme Bazile touche à sa dernière heure, et je croirais faire mal, bien mal, en l'abandonnant.

— Elle n'a donc personne au monde?

— Personne, madame.

— Pourquoi ne se fait-elle pas porter à l'hôpital?

— Madame, elle n'est même plus transportable.

— Que dit le médecin?

— Elle n'en a pas eu; je lui en ai amené un ce matin, et il m'a dit qu'il ne reviendrait pas, parce que c'est inutile.

— Elle est bien pauvre?

— Dans la dernière misère! Il y avait si longtemps qu'elle ne travaillait plus, qu'elle vendait
le peu qu'elle avait, ou le mettait au mont-de-
piété.

— Pour manger?

— Hélas! pour boire.

— Madame Berthuis, je veux aller avec vous,
voir cette pauvre femme. Je veux la secourir,
faire ce qu'il est encore possible de faire pour
elle.

— Tout est fini, madame; pour ce monde, du
moins; elle ne veut plus qu'un peu d'eau!

— Et cette pauvre âme?

— Elle a peur; elle dit que Dieu ne lui par-
donnera pas.

— Allons chez elle.

— Madame entrera dans ce bouge?

— Oui, oui; une âme est toujours d'un prix
inestimable, n'importe où elle se trouve. Mar-
chons. »

Elles entrèrent ensemble, et Virginie, après
avoir salué respectueusement Mme de Langrune, retourna en hâte à la maison pour travailler et garder les enfants.

En ce moment, la femme Bazile était dans
ces heures de grâce, presque toujours données

aux êtres qui s'en vont, quand ils touchent à la limite. Elle ne paraissait pas souffrir beaucoup, et parlait plus librement que le matin; mais en apercevant Mme de Langrune, elle la reconnut et se troubla.

De bien bonnes paroles tombèrent de ses lèvres et rassérénèrent momentanément ce front humilié de tout regard. Elle croyait la consoler, la rassurer; mais tout à coup, un mot rejeta cette malheureuse dans les tortures du désespoir.

« Vous me reconnaissez bien, n'est-ce pas?

— Oui, madame, dit avec confusion la mourante.

— Je suis cette fugitive, à qui la bonne Mme Berthuis a donné l'hospitalité, pendant les affreux jours de la reprise de Paris, à la fin de la Commune; je me sauvais de ma maison, dont les persiennes, et les murs avaient été enduits de pétrole; tout a été brûlé; j'habitais rue de Lille.... »

La femme Bazile cacha son visage sous sa couverture; un soupir et un sanglot sortirent de sa poitrine, et elle ne bougea plus.

« Découvrons-la, dit Mme de Langrune, faisons-lui respirer ce vinaigre anglais que je porte toujours sur moi. »

Elle rappela à la vie, au mouvement, la
coupable; mais ce fut pour être témoin d'une
scène terrible. La femme Bazile ouvrit de grands
yeux, presque sauvages; un sourire sardonique
effleura ses lèvres bleuies, et elle dit d'une voix
sourde :

« Vous êtes venue à moi, vous dites que Dieu
m'attend pour me pardonner? Ah! vous ne
savez pas qui je suis! La rue de Lille? La rue
de Lille? Eh bien, c'est moi qui ai mis le feu
chez vous! c'est moi, entendez-vous? Moi! Moi! »

Mme de Langrune vit quelque chose de provi-
dentiel dans cette rencontre.

« Merci, mon Dieu! dit-elle en joignant les
mains, je puis du moins lui pardonner! »

Et prenant dans ses bras cette tête sans honneur, elle baisa ce front flétri de toutes les
hontes de la terre; et Mme Berthuis, toute pâle
de surprise, dit d'une voix pénétrante.

« Douteriez-vous maintenant du pardon de
Dieu? Il est encore meilleur que ses meilleures
créatures.

— Mme Berthuis! » cria la malade.

Ce cri avait toujours été l'appel de toutes les
souffrances; en ce moment c'était l'effort
suprême d'une âme qui rentrait dans sa voie.

« Que demandez-vous, ma pauvre amie? dit-elle, du ton le plus doux.

— Un prêtre.

— Restez près d'elle, dit Mme de Langrune, je vais à Saint-Sulpice. »

Une heure après, Mme de Langrune repartait pour Valfleur, gardant le secret de cette douloureuse rencontre, et redoublant d'estime pour Mme Berthuis. Celle-ci était restée au chevet de cette femme qui allait mourir en paix, purifiée par le pardon de Dieu, et répétant jusqu'à la dernière heure :

« Vous ne m'avez pas maudite! Que Dieu vous récompense, Madame Berthuis! »

X

Une partie de campagne.

« Eh bien, ma femme, décidément, est-ce dimanche prochain que nous allons à Valfleur?

— Mais certainement, mon bon ami, je ne demande pas mieux. Je suis trop honorée de l'invitation pour avoir jamais pensé à la refuser.

— Tu es pourtant bien solidement amarrée! On ne peut pas te faire bouger.

— Excuse-moi, Berthuis, si je n'ai pas consenti à cette partie de campagne dimanche dernier. Pouvais-je quitter cette malheureuse femme? L'abandonner quand elle n'avait plus qu'un souffle de vie?

— Tu as bien fait de rester, va! Elle est morte en paix, grâce à toi; et ma foi! Je crois que c'est la seule bonne chose qu'elle ait faite, du moins depuis que je la connais! Ah! la mauvaise femme!

— Ne dis plus ça, Berthuis. Elle a tant regretté ses fautes, tant pleuré, tant demandé pardon!

— Je le sais bien, la pauvre femme! Enfin, je vois que, dans tous les cas possibles, pour se tirer d'affaire, il suffit de crier : Madame Berthuis!... »

Le bon mari regardait sa femme de cet œil confiant qui se repose pleinement, qui défie le trouble et l'orage. Que de fois, depuis son heureux mariage, n'avait-il pas trouvé dans ce noble cœur aide et encouragement? que de fois n'avait-il pas crié : « Élisabeth! »

Quand Élisabeth se mêlait de quelque chose, elle réussissait toujours. Sa tête froide et son cœur chaud faisaient d'elle, et dans toute l'étendue du mot, ce qu'on appelle une maîtresse femme.

Léopold et Ernestine furent ravis de joie, en apprenant que la partie était fixée au dimanche suivant.

« Mon garçon, dit Mme Berthuis, tu vas écrire à M. Alfred, parce que Mme de Langrune demande qu'on la prévienne. Allons, Popol, vite, prends une plume et ton encrier; voilà une feuille de papier et une enveloppe. »

Léopold était un peu embarrassé.

« Bah! lui dit sa mère, on écrit comme on parle. Dis tout bonnement que nous viendrons dimanche, par le train de midi, et que ça nous fait bien plaisir; mais tourne ça un peu comme il faut, et finis ta lettre poliment. »

Léopold écrivit, de sa meilleure écriture, et en faisant bien attention à l'orthographe :

« Monsieur Alfred,

« Nous viendrons tous dimanche par le train de midi, et nous partirons par celui de cinq heures et demie. Titine est bien contente, et moi, je suis enchanté, car j'aime bien mieux la campagne que Paris, et si je pouvais suivre mon goût, je ne reviendrais pas de Valfleur.

« J'espère que monsieur votre père et madame votre mère se portent bien, ainsi que vous et mademoiselle Marie, et madame Françoise. Nous allons tous bien, seulement maman est très fatiguée, parce qu'elle a soigné quel-

16

qu'un jour et nuit; et Titine tousse toujours toute la matinée.

« Adieu, monsieur Alfred, je voudrais déjà être à dimanche, pour jouir de cette bonne journée que vos parents veulent bien nous procurer. Remerciez-les bien de notre part, s'il vous plaît.

« Léopold BERTHUIS. »

Depuis le moment où cette lettre fut mise à la poste, il ne fut plus question d'autre chose, entre le lever et le coucher, que des préparatifs de la partie de campagne.

Ernestine, par instinct féminin, n'était préoccupée que de sa toilette.

« Maman, qu'est-ce que je mettrai pour aller à Valfleur? Mes dimanches, ou mes grandes fêtes?

C'est ainsi qu'on désignait les deux toilettes de la petite fille.

— Tu mettras tes dimanches, afin d'avoir un peu plus de liberté pour t'amuser dans les bois.

— C'est vrai; quand j'ai mes grandes fêtes, j'ose à peine m'asseoir!

— Sans doute; nous autres, c'est comme ça. Quand on ne peut pas renouveler, il faut que

les choses durent longtemps. Ta robe grise est
encore très propre : tu la mettras avec ton
bonnet neuf, un col plat bien repassé, et de
bons souliers bien cirés.

— Pas les gros, gros ?

— Non, ça ferait trop de bruit dans un château. Tu prendras les autres qui sont encore
bons.

— Est-ce que je pourrais mettre ma cravate
rose, maman ?

— Pourquoi pas ?

— C'est parce que je craignais....

— Tu craignais quoi ?

— De vous faire de la peine.... à cause
d'Adèle.

— A cause d'Adèle ? Non, mon enfant, mets
ta cravate rose ; tu es jeune, le rose est ta couleur. Il n'y a que les mères qui portent le deuil
des enfants toujours, du moins au fond du cœur !
Je veux que tu sois contente dimanche, que tu
jouisses pleinement de la belle partie de campagne à laquelle nous sommes si gracieusement
et si généreusement invités. »

Ernestine fut charmée d'égayer un peu sa
toilette grise ; et elle rêva la nuit qu'elle voyait
de grands arbres, de belles pelouses, des

poules, des coqs, une petite rivière, ah! quel panorama!

La famille Berthuis ne quittait jamais Paris. Dans les grands jours, on allait au bois de Vincennes; quelquefois, à Saint-Cloud; une seule fois, après la première communion de Léopold, et pour lui faire fête, on avait été hardiment prendre des troisièmes au chemin de fer de Saint-Germain, et l'on s'était amusé trois ou quatre heures sur la terrasse et dans la forêt.

On peut donc se figurer le bonheur des deux enfants, à la seule pensée de prendre leurs billets pour la station, peu connue sans doute, de Valfleur. Aller dans un pays nouveau, être reçu dans un château, par les châtelains eux-mêmes; se promener avec eux dans les bois, et y partager, non plus les maigres ressources d'une honorable pauvreté, mais les délices d'un goûter champêtre, quel plaisir!

Ernestine, quand la chose fut bien décidée, monta chez Virginie, pour lui raconter en détail tout ce qu'on s'attendait à trouver de joli, d'amusant, dans ce voyage.

« J'aime tant la campagne! disait la naïve enfant, qui, sans savoir pourquoi, avait le goût

des champs; il me semble que je tousserais
moins lundi matin, rien que pour avoir été là-
bas dimanche.

— Ma pauvre enfant, répondait Virginie, s'il
en était ainsi, ce serait grand dommage de ne
pas pouvoir quitter Paris.

— Ah! quitter Paris! C'est impossible. Cela
ferait pourtant du bien à papa, qui est si fatigué; à maman, parce que j'irais mieux; à
Popol, parce qu'il aimerait mieux la vie de la
campagne que le commerce, ou les ateliers.....
Et cependant, madame Virginie, je serais bien
triste de ne plus vous voir! On n'est donc jamais
tout à fait content?

— Jamais, ma mignonne; il y a toujours
quelque chose qui cloche. Et moi? j'aurais bien
de la peine si vous quittiez la maison et Paris!
Et pourtant, si vous deviez vous trouver tous
plus heureux à la campagne, oh! je vous verrais
partir sans essayer de vous retenir, quand même
je le pourrais.

— N'ayez pas peur, dit gaiement Ernestine,
nous prendrons des billets de retour, et nous
serons ici à sept heures. »

Après avoir parlé de la même chose trois jours
de suite, la famille Berthuis vit arriver ce fa-

meux dimanche, attendu depuis si longtemps!
On entendit la messe de très bonne heure, afin
de déjeuner paisiblement, et d'avoir ensuite le
temps de s'habiller sans se presser. Or, tout ce
monde entendait faire toilette, chacun à sa façon.

Le brave Berthuis, faisant partie de ces réu-
nions du soir, que présidait le joyeux et vénérable père Millériot, se rappelait qu'il disait
gaiement aux ouvriers, la veille de Pâques ou
de Noël :

« Mes amis, demain, il faudra nous faire beaux!
allons! souliers noirs et mains blanches! «

Occupé toute l'année de rudes travaux, dans
le magasin où il était employé, Berthuis avait
bien quelque peine à remplir cette dernière
condition; cependant, il s'y reprenait à trois
fois, s'aidant de la pierre ponce, et avec une telle
bonne volonté, qu'il aurait fallu être nègre
pour n'avoir de blanc et de rose que le dedans
des mains.

Cette fois, il y mit une ardeur extrême, et
réussit parfaitement, au grand plaisir de sa
femme qui lui disait en riant :

« Heureusement, mon pauvre Berthuis, que
nous ne ferons pas souvent de partie de campagne comme celle-là, car tu finirais par n'avoir

plus de peau sur les mains! Tu frottes, tu
frottes! comme s'il s'agissait d'un autre.

— Que veux-tu, ma femme? du si beau
monde! »

Quand il eut atteint, sur ce point, le comble
de la perfection relative, le brave homme en-
dossa ses habits du dimanche, qui duraient
depuis bien des années, car ils ne voyaient le
jour qu'une fois par semaine, et quelques heures
seulement. Puis il mit ses souliers, qu'il avait
cirés jusqu'à ce qu'ils voulussent bien reluire,
et son chapeau haute forme, un peu suranné;
c'était ce qu'il y avait de moins bien dans le
costume; mais le sage Berthuis en prenait bravement son parti, disant :

« Ce n'est pas ma faute, ni celle de mon chapeau, si tous les ans les formes changent. »

Léopold, pimpant et guilleret, faisait honneur à sa maison par sa bonne mine, sa joyeuse
humeur, et son contentement.

Quant à la bonne Mme Berthuis, elle avait sa
toilette de demi-deuil; robe noire, col blanc, et
le bonnet de lingerie, orné de rubans noirs.
Son air affable, sa démarche grave, ses ma-
nières aisées, tout l'ensemble faisait d'elle, dans
son milieu, une femme distinguée.

Une des grandes préoccupations de la semaine avait été l'état de l'atmosphère : Ferait-il beau? Pleuvrait-il? Question toujours pendante, car le beau temps est l'associé obligé de toutes nos joies, riches et pauvres; mais les pauvres ont si peu de joies que, si le soleil leur tient rigueur, ils sentent plus vivement que les riches la privation de sa radieuse lumière, qui égaye même le fond de l'âme.

Il y avait, à la fenêtre de la petite cuisine, un vieux baromètre qui faisait tous les matins des prédictions plus ou moins dignes de foi. Un bon moine, prudent et sage, avait soin de mettre son capuchon sur sa tête quand on avait lieu de craindre la pluie ; si, au contraire, le temps devait être calme et serein, il découvrait sa vénérable tête rasée, et partait avec confiance pour sa petite promenade, qui n'était certes pas longue; car depuis que Léopold et Ernestine étaient au monde, ils avaient toujours vu le bon père à la même place.

Ce capucin jouait un grand rôle en ce moment. Le samedi soir, les enfants convinrent que celui qui s'éveillerait le premier irait consulter le solitaire, et apprendrait la nouvelle, quelle qu'elle fût, au dormeur, dès qu'il ouvrirait les yeux.

Il n'était pas encore cinq heures du matin,
lorsque le gros Léopold sortit de son sommeil, ayant pour première pensée : Quel temps
fait-il?

Vite, il se couvrit le plus légèrement possible,
pour moins perdre de temps, et s'élança sur le
passage du bon moine pour lui crier :

« Mon père, avez-vous mis votre capuchon? »

Le religieux ne se détourna point de l'enfant,
et celui-ci put contempler ce visage placide, toujours le même.... Oh! bonheur! Il n'avait pas
mis son capuchon!

Dans sa joie, le gros Popol, considérant que
le sommeil était bien peu de chose, comparé
à la connaissance de cette grande nouvelle,
entr'ouvrit le rideau de sa sœur qui dormait,
comme disait le fabuliste, de tout son appétit,
et lui dit à demi-voix :

« Il n'a pas son capuchon! »

Ernestine jeta un soupir plein de regret à son
sommeil, si brusquement interrompu, dit d'une
voix enrouée :

« Quel capuchon?... » et retomba dans ce
doux repos qui lui était si salutaire.

« Vraiment, pensa Léopold, les filles sont trop
dormeuses! C'est ennuyeux! Un garçon se serait

dressé tout droit sur son lit, en apprenant qu'il n'avait pas de capuchon. »

Toujours était-il que cette belle matinée d'août ne laissait rien à désirer. Vrai temps de pèlerin : ni pluie, ni vent, ni soleil.

La mère éveilla sa fille le plus tard possible, car cette toux du matin la tourmentait toujours.

On mit à profit les premières heures de ce beau jour, et quand tout fut prêt, le ménage en ordre, et les toilettes achevées, on vit entrer discrètement le bon père Navaux.

« Je sais, dit-il, que vous allez partir et ne viens point vous retarder; je vous prie seulement de présenter mon respect à madame, ainsi qu'à monsieur, car vraiment, c'est du monde si honnête, que l'on serait ingrat si l'on pouvait les oublier.

— Je ferai votre commission, père Navaux, répondit Mme Berthuis, et je suis sûre qu'on se souvient très bien de vous.

— Mon petit Popol, veux-tu faire bien plaisir au père Navaux?

— Oui, père Navaux.

— Ce serait de me cueillir, le long des routes, un petit bouquet de fleurs des champs; c'est si frais, si joli! Et puis, notre vieux Paris n'en produit pas. »

Léopold et sa sœur promirent de se rappeler la prière du bon voisin, et de lui donner la joie de voir des bluets, des coquelicots, des pâquerettes, au milieu des vieux souliers et des vieilles bottines qu'il réparait incessamment.

Avant de partir, Mme Berthuis, toujours bonne, monta chez Mme Réthel, portant au doux angora une assiette assortie, car on avait mis le pot-au-feu la veille, et c'était, chaque semaine, un des galas du gros Minet : Mme Réthel fut touchée de cette attention, presque jusqu'aux larmes.

« Je vous remercie, Madame Berthuis, dit-elle, rien ne vous fait oublier ceux qui vous aiment. Ah! nous vous sommes bien reconnaissants, je vous assure; et nous sommes loin d'exprimer tout ce que nous pensons! »

Cependant, l'angora disait tout ce qu'il pouvait; se frottant le plus amicalement possible à la robe de la voyageuse, haussant son dos fourré, de manière à prendre la forme d'une voûte capitonnée, lançant à l'assiette, et peut-être à Mme Berthuis, des regards d'une extrême douceur. C'était un merci des mieux conditionnés,

et vraiment suffisant pour un peu d'écume et
quelques minces débris.

Lorsqu'elle passa devant la porte de la jeune
veuve, Mme Berthuis frappa, et Virginie lui tendit les bras :

« Que je suis contente du plaisir que cette
bonne dame vous procure, en rendant vos
enfants heureux toute une journée!

— Ma bonne Virginie, il y a eu d'abord les
joies de l'attente; plus tard, il y aura celles du
souvenir; nous en avons pour longtemps! Mais
moi, le croiriez-vous? j'ai le cœur gros. Je vais
passer mon temps à me dire : Voilà donc cet air
pur, cet air des bois, qui pourrait empêcher
Titine de s'en aller comme ma chère Adèle! Mais
c'est pour une après-midi! Demain, Paris, et
puis bientôt l'apprentissage, le travail assidu,
tirer son aiguille toute une journée. Quelle
fatigue pour cette poitrine si faible!

— Chère Madame Berthuis† Dieu vous laissera
cette enfant; il sait bien que vous avez besoin
d'elle.

— Hélas! j'avais besoin d'Adèle, puisque je
l'aimais, puisque j'étais sa mère! Et pourtant,
Dieu me l'a prise. Je ne murmure pas, certes!
que sa sainte volonté soit faite, sur la terre

comme au ciel ; mais j'ai une peine qui ne s'en
ira plus!... Enfin, je ne veux pas attrister les
autres. Aujourd'hui, il faut être gaie! Ah!
comme elle se serait amusée, ma bonne Adèle! »

Mme Berthuis embrassa cette autre mère, qui
la comprenait si bien, et se retournant, elle
sourit à son fils qui venait la chercher.

« Venez donc, mère, nous allons être en retard!

— Vite, vite, mon garçon! Ah! si l'on allait
partir sans moi! »

Elle descendit lestement l'escalier, et arriva,
toute riante, dans son petit logement :

« Partons, » dit-elle.

On entendait des pleurs au second étage.

C'était la petite Pauline, la fille aînée de Virginie.

« Qu'est-ce que tu as ? demandait sa mère.

— Je voudrais voir passer la famille Berthuis.

— Allons, donne-moi la main. »

Virginie prit sur son bras gauche la petite
Henriette, et donna la main à Pauline, dont les
quatre ans avaient encore un peu de peine à ne
pas descendre la tête la première.

On vit donc passer la famille! Les braves

gens s'en allaient contents, et disaient adieu
bien amicalement à leurs bons voisins.

On était parti. Le trajet jusqu'au chemin de
fer de Rennes ne fut qu'une agréable promenade. M. et Mme Berthuis, se donnant le bras et
marchant posément, regardaient avec l'orgueil
paternel le plus légitime leurs enfants qui les
précédaient. Eux pressaient le pas, craignant
toujours de manquer le train, et trouvant que
leurs parents en prenaient bien à leur aise.

Enfin, on arriva à ce bienheureux guichet,
objet de tant de désirs. On demanda modeste-
ment quatre troisièmes, aller et retour, parce
que M. de Langrune, en s'engageant à payer le
voyage, n'avait rien spécifié au sujet des places,
et que les Berthuis avaient cette discrétion que
donne la délicatesse.

« Ah ! nous y voilà ! s'écria Léopold, dès qu'on
fut monté en wagon. Maintenant, c'est sûr ;
nous allons à Valfleur. J'avais toujours peur
de voir manquer la partie.

— Oh ! quel dommage ! Moi, j'avais peur de
la pluie.

— De la pluie ? Et quand j'ai été te dire que
le capucin n'avait pas mis son capuchon, tu n'y
as rien compris.

— Dame, je dormais.

— Moi aussi, je dormais, et l'idée de ce capuchon a fait que je me suis réveillé tout seul. »

Les parents jouissaient du plaisir de leurs enfants. S'ils se taquinaient pour rire, ils étaient d'accord sur le fond; et le fond, c'était la joie d'aller à Valfleur.

Malgré les distractions du voyage, Léopold et sa sœur étaient sur le point de le trouver un peu long, lorsque précisément le train s'arrêta, non à Valfleur, petit hameau qui ne s'aperçoit pas de la gare, mais à douze minutes environ.

En descendant de wagon, ils commencèrent à respirer avec bonheur l'air pur de la campagne, et leurs regards se reposèrent joyeusement sur ces nappes de verdure qu'offraient de tous côtés les prairies fauchées. A perte de vue, on voyait se balancer, comme des vagues d'or, les gerbes de blé pressées les unes par les autres, et attendant le bras du cultivateur; puis le fléau du batteur, le van du vanneur, la roue du meunier, le four du boulanger, pour s'en aller répondre à la prière de ceux qui, en ce moment, diraient : « Donnez-nous aujourd'hui notre pain quotidien. »

Inutile de demander son chemin pour aller à l'habitation de M. de Langrune ; on la voyait s'élever de loin, protégeant le hameau, comme le phare protège la côte, en lui jetant sa lumière. Le brave Berthuis, très fier de mener en si bon lieu sa femme et ses enfants, passa derrière l'église, prit la rue déserte, qui longeait le parc, et se présenta devant la grille du château. Alfred rôdait, bien entendu, aux alentours.

« Bonjour madame Berthuis ! s'écria-t-il avec un chaleureux élan ; et il courut embrasser l'excellente femme, qui lui tendait les bras. L'entorse avait été un lien de plus entre elle et lui, tous deux s'aimaient vraiment beaucoup. C'était pour de bon ! comme disait Léopold.

On se retrouva avec grand plaisir ; et Marie embrassa la petite Berthuis de très bon cœur, adoptant pour son usage l'abréviation de Titine dont on se servait en famille.

Tout d'abord, les Berthuis furent frappés de la situation de cette superbe demeure.

« Que c'est grand ! que c'est beau ! disait gravement la mère de Léopold. Et dire que la dame qui habite là dedans est si simple, si peu fière !

Ils commencèrent à aspirer avec bonheur
l'air pur de la campagne·

17

— Mais voyez donc, disait Ernestine, quelle quantité d'oiseaux dans les grands arbres! Comme ils chantent! Et comme c'est gai!

— Je n'en ai jamais tant vu, fit observer Berthuis, M. Alfred, on ne les détruit donc pas?

— Non, monsieur Berthuis; le jardinier dit bien qu'ils nous font du tort, mais maman répond qu'elle aime mieux moins de récolte et plus de chansons.

— Elle a bien raison! » s'écria Ernestine, déjà émue à la pensée de voir détruire exprès des oiseaux. Le souvenir du cher Lili n'était pas encore éteint dans ce petit cœur, qui savait si bien aimer.

Sur le perron, on fut reçu par Mme de Langrune elle-même, qui voulait faire honneur aux braves gens, et avait raconté à tous le service qu'ils lui avaient rendu.

Mme Berthuis salua respectueusement Mme de Langrune; mais quand celle-ci lui tendit la main bien amicalement, il y eut entre ces deux mains une étreinte secrète, car ces cœurs, déjà sympathiques l'un à l'autre, s'étaient unis plus entièrement depuis leur grave rencontre au chevet de la femme Bazile. Son nom cependant ne fut pas prononcé tout haut; Mme de Langrune vou-

lait avoir le mérite du pardon entier, joint à
l'aumône du silence.

Le vestibule était large et orné de fleurs.
Ernestine en regardant la table de vieux chêne,
la console, les chaises de crin, commença par se
croire dans un salon, tout en s'étonnant de voir
les premières marches du bel escalier qui con-
duisait aux étages supérieurs.

On ouvrit la porte de la salle à manger, et les
enfants furent émerveillés de la beauté de cette
pièce; trois fenêtres, donnant sur le parc, lais-
saient entrer des flots de lumière, qu'on adou-
cissait au moyen de rideaux épais; une superbe
horloge, un grand buffet en acajou, une table
où une vingtaine de personnes pouvaient se
réunir, des chaises en bois sculpté, tout était
beau plus encore qu'élégant, et les enfants se
sentaient un peu gênés par ce cadre trop diffé-
rent du leur.

M. de Langrune, qui survint, mit à l'aise tout
ce monde, par sa bonhomie pleine de gaieté. Il
imagina d'abord qu'on avait soif, après un voyage
quelconque, fait au cœur de l'été. Il se forma
alors deux camps : l'un pour, l'autre contre.
Pendant le combat, Mme de Langrune elle-
même, et sa gentille Marie, posèrent sur la table

quatre verres, quelques sirops, et le camp vaincu fut obligé de passer sous les fourches Caudines, en acceptant ces boissons rafraîchissantes.

Après s'être un moment reposé, en causant des événements qui avaient occasionné la première rencontre des deux familles, on parla des plaisirs qui attendaient Léopold et Ernestine.

Alfred était le grand ordonnateur. Il s'était entendu sur tous les points avec son père et sa mère, et ses yeux brillaient à la seule pensée du secret que l'on dévoilerait aux braves gens, à la dernière heure, à la dernière minute.

« Si vous voulez, dit-il, nous commencerons par visiter la maison et les communs, si cela vous amuse ? »

Les quatre voix n'en firent qu'une pour donner plein consentement, et, afin de laisser plus de liberté à toute la famille, il fut convenu qu'Alfred et Marie feraient seuls les honneurs de la maison aux invités.

On commença par entrer dans le petit salon, puis dans la salle de billard, puis dans le grand salon.

Mme Berthuis admirait tout, en conservant une sorte de dignité, car cette femme, supérieure dans sa condition, n'était vraiment déplacée unlle part. Son mari donnait une attention naïve à certains détails, plutôt qu'à l'ensemble; mais les enfants, Léopold surtout, étaient ravis, passant à chaque instant d'une surprise à une autre, toutes suivies d'une exclamation. A force de ah! et de oh! on arriva au premier étage, puis au second, s'arrêtant plus longtemps dans la jolie chambre de Marie, et dans la chambre toute masculine de son frère.

Les braves gens regardaient tout avec admiration, et assurément sans envie. Ce beau luxe leur était trop étranger, et les distançait trop de leur vie habituelle. Mais Alfred et Marie remarquaient, avec un très grand plaisir, que de toutes les fenêtres ouvertes, du côté du couchant, Mme Berthuis et ses enfants cherchaient à retrouver un point qui les charmait.

« Voyez-vous ce lointain? dit Alfred, on trouve cette perspective assez jolie.

— C'est vrai, M. Alfred, c'est même très beau; mais ce qui me plaît encore plus, c'est cette petite maisonnette, placée là-bas sous ce tilleul, et tout près des bois. Qu'elle fait donc bien d'ici! Le joli point de vue! »

Alfred et Marie se regardèrent en souriant. Marie ne répondit rien, de peur de trop parler,

et une fois de plus elle rendit hommage au bon
La Fontaine.

— Vous trouvez cela gentil? Tant mieux! Ce
petit bien est connu ici sous le nom de la Maison
blanche.

— C'est bien nommé, dit M. Berthuis.

— Ah! que j'aime ce petit coin-là! reprit Ernestine.

— Tu voudrais y demeurer, Titine? je parie
que tu te trouverais mieux là que dans ce beau
château?

— Oh! certainement, papa. Ici, je me perdrais;
c'est si grand! Et puis, c'est trop beau; mais
là-bas, oh! que c'est donc gentil! mademoiselle Marie, connaissez-vous les personnes qui
demeurent là?

— La Maison blanche n'est pas habitée, » répondit Marie.

Ernestine accepta la réponse sans y répliquer;
mais le gros Popol, plein de bon sens pratique,
dit tout bonnement :

« Pas habitée? Allons donc! Vous vous
trompez, mademoiselle Marie; la cheminée fume,
regardez plutôt. »

C'était vrai. Une légère colonne de fumée
blanchâtre se détachait sur le ciel bleu. Com-

ment donc faire? Le gouvernement n'avait pas
prévu cet incident, qui menaçait de faire échouer
le plan si savamment combiné.

Marie regardait son frère d'un air un peu déconcerté; il était sa ressource en toute occasion.

Alfred sentit qu'il fallait payer d'audace, à défaut d'autre monnaie. Il prit un ton bien décidé,
et dit avec beaucoup d'assurance :

« La Maison blanche, qui appartient à papa,
n'est pas louée, c'est un fait certain. Maintenant,
pourquoi la cheminée fume-t-elle? Il doit y avoir
une raison; mais je ne puis pas vous la dire. Si
vous voulez, nous irons voir.

— Oh oui! répondit Léopold, que cette pointe
de mystère intéressait vivement.

— Oh oui! répéta comme un faible écho la
pauvre Titine, qui commençait à mourir de peur
devant cette cheminée lointaine.

— Il faut croire que la cause est fort simple,
reprit Berthuis, car, comme dit le proverbe, il
n'y a pas de fumée sans feu; or, pour qu'il y ait
du feu dans un foyer, il faut qu'une main s'en
soit mêlée. »

Ernestine ne fut qu'à moitié rassurée par les
paroles de son père. Il lui semblait par instants
qu'une main sans bras, sans corps, sans tête,

était venue, de je ne sais où, faire du feu dans la Maison blanche. Enfin, elle n'osa rien dire, de peur que son cher Popol ne se crût en droit de lui rire au nez, ce dont il ne se gênait pas.

Mme Berthuis regardait, avec une attention toute particulière, les portraits de famille placés dans la chambre de M. de Langrune et celle de sa femme. Elle n'avait jamais partagé les idées du jour, sur la propriété des biens légués par les aïeux, ou acquis honorablement par le travail personnel. Avec son grand bon sens, et son esprit, clairvoyant sans être cultivé, elle se disait :

« Dans une société, il faut bien qu'il y ait des pauvres et des riches. Les uns travaillent, les autres paient. Pourquoi en vouloir à ceux qui font travailler ? Ils jouissent, mais ils ont aussi leurs peines, et quand ils n'en ont pas, ils s'en font. »

En descendant par l'aile gauche du château, on se trouva devant la cuisine, où Joseph était en ce moment occupé à rincer des verres.

« Bonjour, monsieur Joseph.

— Bonjour, madame Berthuis. »

On se donna de bonnes poignées de main, ce que voyant Jeannette, elle dit avec toute la grâce de son accent méridional :

« Et moi donc? Est-ce qu'on ne me donne pas la main? Je suis pourtant la femme à Joseph! »

M. et Mme Berthuis la remercièrent amicalement de son accueil cordial, et la connaissance étant faite en moins d'une minute, les bords de la Garonne inspirèrent une fois de plus Jeannette qui, depuis son discours à Aline, revenant de son pays, n'avait pu ouvrir son cœur à personne.

« Ah! madame Berthuis, s'écria-t-elle, quels événements! »

Alfred et Marie, sachant que les discours qui commençaient ainsi finissaient inévitablement par des exagérations des plus drôles, sortirent de la cuisine pour ne pas commettre la faute d'éclater de rire au beau milieu.

Alors Jeannette, plus à l'aise, car son mari ne la gênait pas, se mit en devoir de raconter ses aventures, au moyen d'une nouvelle édition, revue, corrigée et considérablement augmentée.

« Vous dire les dangers que j'ai courus! ce n'est pas possible; il faudrait trois jours et trois nuits! Qu'est-ce que je dis donc? Il faudrait la semaine!

— Pourquoi pas la saison? grommela Joseph, qui s'était remis à rincer ses verres. Bien loin de

contredire sa femme, quand elle pérorait devant
lui, il se contentait de faire, d'une voix modeste,
la contre-partie de ses narrations.

— Madame, j'ai manqué brûler vive, rue de
Lille! Les flammes venaient jusqu'à moi! Si seulement le feu avait pris à mes jupons, j'étais
perdue!

— C'est affreux! s'écria débonnairement
Mme Berthuis.

— Avec un si, on met Paris dans un étui, soupira le bon Joseph.

— Imaginez, madame Berthuis, que je suis
sortie la dernière! Une maison à moitié brûlée!...

— A moitié brûlée?

— Tais-toi donc, Joseph, j'ai bonne mémoire.

— Oh! fameuse mémoire! car tu te souviens
même de ce qui n'était pas encore.

— Une fois dans la rue, j'ai manqué être tuée!
Ils m'ont couchée en joue!

— Qui donc? demanda timidement Mme Berthuis.

— Qui donc?... Tous! »
Mme Berthuis, ayant lieu d'être étonnée, reprit:
« Comment? Ils ont tiré?

— Ah! je crois bien! c'était un feu roulant!...
que j'en ai vu trente-six chandelles!

— On verrait clair à moins, fit remarquer Joseph.

— Toi, tu plaisantes, parce que ça ne te regardait pas.

— Un peu, vu que je te donnais le bras. »

Les Berthuis comprirent que le langage imagé de la grosse Jeannette disait plus pour faire entendre moins; et ce qui suivit ne fut plus pour eux qu'une amusante distraction.

Elle continua sur ce ton le lamentable récit de ses terribles aventures, et quand elle fut à son arrivée à Valfleur, elle assura que, si elle avait su dans quel état les Prussiens avaient mis sa cuisine, elle n'y aurait jamais pu rentrer.

« Que voulez-vous? Je suis comme çà, Mme Berthuis. J'ai en horreur la guerre, les canons, les soldats, surtout quand ils se permettent de casser les assiettes, de fêler les marmites, de fausser les clefs, de faire enfin tout ce qu'ils ont fait! Mme Berthuis, plus rien dans ma cuisine! Pas un clou, pas une vitre, pas un.... enfin, rien, rien, rien!...

— Ah! la guerre est un terrible fléau! dit sagement Mme Berthuis, se hâtant de conclure. »

Si l'on avait attendu la fin, il est probable qu'on y serait encore! mais Alfred, qui grillait

de faire voir aux braves gens les chevaux, les
voitures, les vaches, les poules, eut soin d'appeler du dehors :

« Mme Berthuis, venez donc voir. »

L'excellente femme s'excusa en disant :

« Votre petit monsieur m'appelle, » et tout
fut dit pour cette fois.

On alla voir effectivement tout ce que renfer-
mait la propriété de Valfleur, et pendant qu'on
admirait la tenue de l'écurie, de l'étable et du
poulailler, Ernestine, regardant à travers une
grille de clôture, s'écria du ton le plus réjoui :

« Oh! On voit d'ici la Maison blanche! Papa!
Maman! Popol! regardez donc comme elle est
gentille!

— C'est vrai, répondit Berthuis en détournant
la tête, cette maisonnette forme un charmant
point de vue.

— Oh! monsieur Alfred, vous nous y conduirez
tantôt, n'est-ce pas?

— Oui, certainement. Papa nous donnera
toutes les clefs, et nous irons partout.

— Que ce sera amusant! Et toi, Titine, tu vien-
dras aussi?

— Oui, si Mlle Marie y va, répondit la crain-
tive petite fille, pensant que, où Marie ose-

rait pénétrer, elle oserait bien se risquer avec elle.

— Écoutez, reprit le grand ordonnateur, voilà ce que nous allons faire. Papa m'a promis une promenade en barque sur la pièce d'eau.

— Une promenade en barque? Oh! quel bonheur! Je n'ai jamais été sur l'eau, dit le petit Parisien.

— Oh! maman, pas sur l'eau! balbutia Ernestine.

— Ma fille, tu n'iras pas si tu as peur. On t'excusera, puisqu'on n'a pas d'autre intention que de te faire plaisir.

— Certainement, dit affectueusement Marie, nous resterons ensemble.... Et elle lui avoua bien bas, de crainte d'Alfred, qu'elle avait un peu peur aussi.

— Ira qui voudra, reprit le jeune de Langrune, les autres attendront sur le rivage, et accompagneront de leurs souhaits les hardis navigateurs! Léopold, cela nous va! Je suis sûr que vous serez des nôtres?

— Vous pouvez y compter.

— A la bonne heure! Après la promenade en barque, nous irons, avec papa et maman, dans ce joli bois que vous voyez derrière la Maison blanche. Là, Joseph nous apportera un goûter, un beau goûter ! Sa femme a fait une galette qui a bien quarante centimètres de diamètre ; Jeannette aurait dit quatre-vingt-dix ! Et puis, il y a des fruits, du laitage, que sais-je ! »

Ernestine, beaucoup plus sensible au goûter qu'à la barque blanche, sourit à cette esquisse, et fut de plus en plus enchantée de Valfleur.

Un quart d'heure après on était en barque. Les hommes d'abord. Alfred prétendait qu'on allait à la découverte d'un nouveau monde, parce que l'Amérique commençait à vieillir.

M. de Langrune surveillait les petits rameurs, et quand ils furent fatigués, le brave Berthuis les remplaça avec avantage. La barque filait, et la pauvre Titine continuait à trouver ce voyage de long cours un peu effrayant. Il fut donc décidé qu'elle demeurerait sur la rive ; et comme il y avait en cet endroit beaucoup de petites fleurs des champs, elle dit gaiement :

« Je vais m'amuser à faire le bouquet que nous a demandé le bon père Navaux ; voulez-vous madame ?

— Certainement, ma petite Ernestine. »

Marie regardait finement sa mère, et son regard semblait dire :

« Le père Navaux n'aura pas son bouquet! »

Après les hommes, ce fut le tour des femmes. Mme Berthuis fut toute contente de s'asseoir dans la jolie barque, avec Mme de Langrune, pendant qu'Alfred et son père ramaient.

Mais le temps va toujours trop vite! Il était deux heures et demie; on partit tous ensemble pour le bois.

XII

Chez la Belle au bois dormant.

Une chose étonnait singulièrement les Berthuis; on n'avait pas aperçu la bonne Françoise, qui pourtant avait naguère témoigné de l'amitié à toute la famille. Plusieurs fois, l'un ou l'autre avait demandé :

« Où donc est madame Françoise? »

Mais parents et enfants s'étaient contentés de répondre d'une manière tout à fait évasive et même on avait surpris un sourire plein de malice sur les lèvres d'Alfred et de Marie. Qu'est-ce que cela voulait dire? Toujours des mystères!

18

Le bois de la Flèche était charmant. Une grande avenue, dont on ne voyait pas la fin; des parties sombres; de jolies clairières; c'était délicieux! On passa son temps à chercher un bon endroit pour s'asseoir et goûter de bon appétit, car cet air pur et embaumé avait donné grand faim aux hôtes, et même à la pauvre Ernestine, qui disait naïvement :

« Si je demeurais dans ce pays-ci, il me semble que j'aurais toujours faim!

— Hélas! notre vie est ailleurs, ma pauvre enfant, répondait sa mère. »

Joseph, conduisant un petit âne, arriva à son tour, et du plus loin qu'on l'aperçut, les deux garçons allèrent au-devant de lui, c'est-à-dire au-devant de l'âne, bien entendu.

Joseph laissa Léopold le conduire par la bride, et l'on rejoignit les promeneurs qui avaient élu domicile sous un des plus vieux chênes qu'il y eût dans le bois de la Flèche.

La joie fut plus vraie dans cette petite fête champêtre qu'elle ne l'est le plus souvent dans les festins du monde. L'âne avait apporté, dans ses paniers, de fort bon vin; Jeannette s'était surpassée dans sa pâtisserie, et le superbe pâté froid, qui était la pièce de résistance, était arrivé de Paris par le même train que les braves gens. Tout le monde était de bonne humeur, et l'on aurait pu croire que le temps passait vite. Cependant, Alfred et Marie trouvaient que ce repas campagnard ne finissait pas ; ils appelaient de leurs vœux le moment où Mme de Langrune dirait à la jeunesse qu'on pouvait se diriger sur la Maison blanche. Léopold en avait aussi bien envie ; Ernestine même était de plus en plus préoccupée de ce mystère caché sous cette fumée blanchâtre.

M. de Langrune consulta sa montre, il allait être quatre heures.

« Mes enfants, dit-il, puisque vous désirez visiter la Maison blanche, ne tardez pas davantage. Je crois être sûr que vous y prendrez plaisir ; et il serait fâcheux de manquer de temps.

— Déjà quatre heures ? s'écria Léopold.

— Mais oui, mon enfant, il faut vous diriger d'un pas leste vers la lisière du bois ; vous voyez d'ici la Maison blanche, et comme ce petit trajet n'est que de cinq minutes, je vous autorise à y aller tous les quatre ensemble. Alfred va prendre ce trousseau de clefs ; il sera le majordome, et ouvrira, l'une après l'autre, toutes

les pièces dont se compose cette petite propriété.
Tu n'oublieras pas la vacherie, Alfred, ni la
laiterie.....

— Soyez tranquille, papa, le majordome n'ou-
bliera rien ; il est trop fier de ses fonctions ! »

Léopold remarquait que M. et Mme de Langrune se regardaient en riant ; mais il pensait
que tous deux s'amusaient des airs dignes que
prenait leur fils.

Chemin faisant, il questionnait, et on ne lui
répondait que par monosyllabes. Marie ne
répondait même pas du tout, de peur d'en
dire un peu trop long, ce dont elle mourait
d'envie.

« Ah ! mes amis, voici la Maison blanche,
maison, comme je vous l'ai dit, depuis longtemps inhabitée. Je vais vous ouvrir la porte,
et nous irons partout. »

Ernestine commença par se mettre presque
dans la poche d'Alfred, pensant que c'était le
meilleur endroit pour avoir moins peur, en
allant ainsi à la découverte de choses merveil-
leuses.

On entre. Silence profond, bien entendu,
comme dans toute habitation déserte ; mais, ô
surprise ! dès les premiers pas dans l'étroit cor-

ridor qui mène à la salle, on sent une délicieuse odeur de rôti !

« Qu'est-ce que cela ? demanda Léopold.

— Je vous le donne en mille ! répond Alfred, on dirait qu'une fée a passé par ici. »

Ernestine se rapprocha encore d'Alfred, car le péril paraissait augmenter ; néanmoins, elle voyait Marie si gaie, si contente, qu'elle en conclut sagement qu'on pouvait risquer sa vie sans trop de danger.

Le majordome ouvrit la porte de la salle à manger-cuisine, pièce large et bien éclairée.

« Ah !! !!.... »

Au milieu, une table ronde, couverte d'une belle nappe blanche ; quatre couverts préparés ; bouteille, carafe, salière, moutardier, rien n'y manquait. La bonne odeur était devenue parfum exquis !

« Ça sent le poulet rôti ! s'écria Titine.

— Tout de même, c'est drôle, M. Alfred. Mais qui donc a mis le couvert ? Et pour qui ?

— Mon cher Léopold, allez le demander à d'autres ; car ce n'est pas moi qui vous le dirai. »

Dans l'angle du mur, du côté de la fenêtre, il y avait un fourneau économique, de moyenne grandeur ; un pot-au-feu bouillait tout doucement sur un des deux réchauds ; sur l'autre, une casserole où cuisaient des haricots verts, et dans le petit four, un beau poulet, déjà doré, appétissant !

Les enfants se pâmèrent d'étonnement, et Alfred et Marie jouèrent assez bien la comédie pour attraper leur monde.

« Mais enfin, ce feu ? cette marmite ? ce poulet ?

— Que voulez-vous, Ernestine ? Ce n'est pas moi qui ai fait la cuisine ; je suis beaucoup trop maladroite !

— Il n'y a pourtant plus de fées, dit la bonne petite fille ; et même maman dit qu'il n'y en a jamais eu.

— C'est vraiment à n'y rien comprendre, reprit Alfred, d'un air capable. Poursuivons.

— Oh ! Monsieur Alfred ! voyez donc dans ce saladier ?

— Quoi donc, Ernestine ? Une salade tout assaisonnée ? Mais il me semble qu'elle est bien à sa place ? Je vais vous introduire dans la chambre à coucher ; voici la clef.

— Ah ! ! ! !... »

Chambre meublée : rideaux au lit et à la fenêtre, un fauteuil, quatre bonnes chaises de paille, une commode, quelques gravures.

« Ah ça! tout de même, il y a quelque chose là-dessous.

— Je ne sais pas ce qu'il y a dessous, Léopold; prenons les choses comme elles sont. C'est vraiment très drôle, et cela nous amuse autant que vous. »

Ernestine, depuis un moment, était moins attentive à ce qu'elle voyait qu'à ce qu'elle entendait. Un certain *cui! cui! rrrrr! cui! cui! cui!* lui faisait prêter l'oreille. D'où cela pouvait-il venir? Vraiment, c'était incroyable!

— Il y a donc par ici un petit serin en cage?

— Apparemment, répondit Marie, je trouve que c'est tout à fait comme chez la Belle au bois dormant.

— Absolument.

— Venez avec moi, Ernestine, c'est peut-être une chambre de jeune fille?

— Ah!!!!... »

Une gentille chambrette, toute bleue; papier et rideaux; et sur la table, un oiseau, tout semblable au cher petit Lili!

« Mon petit chéri! On dirait que c'est lui!

— Si ce n'est lui, c'est donc son frère, dit Léopold. Mais enfin, il y a quelqu'un ici. L'oiseau a de l'eau fraîche....

— On n'y comprend rien !

— Oh ! Mademoiselle Marie, la jolie petite chambre ! Si c'était à moi, comme j'y serais heureuse ! Et l'air des bois qui vient par la fenêtre ! Si j'habitais la Maison blanche, je ne tousserais plus. »

Marie ouvrit les bras pour y appeler la petite malade, et lui révéler le doux secret ; mais le bonhomme La Fontaine lui fit encore une fois les gros yeux, et elle ne dit rien.

« Quel charmant petit oiseau ! Comme on doit l'aimer ! Mais qui donc l'aime ? Qui donc le soigne ?

— Je vous dis, Ernestine, que nous sommes chez la Belle au bois dormant.

— Maintenant, voici encore une petite chambre. Voyons ! Celle-ci est peut-être pour un garçon ? On ne sait pas. »

Il ouvrit une porte, et entra le premier dans une chambrette, beaucoup moins soignée que celle où chantait l'oiseau, mais qui avait toute la physionomie d'une chambre de garçon.

« Celle-là serait pour moi, dit Léopold. Ah ! comme je m'y trouverais bien, en revenant des champs !

— Attendez, mes amis, nous avons d'autres

clefs, portant chacune une étiquette. Voyons !
Armoire au linge. Ah ! voilà qui intéresse les
futures ménagères. »

Il ouvrit une grande armoire, et l'on vit
plusieurs paires de draps, des serviettes de table,
tout ce qui est utile dans une maison, en fait de
lingerie.

« Mais enfin, qui se sert de ce linge ?

— Personne bien sûr jusqu'à présent, puisque
papa garde chez lui toutes les clefs de la maison.
Tenez, je commence à me douter qu'il y a,
comme on vient de le dire, quelque chose là-
dessous !... Et cette autre clef ? C'est celle du grenier qui couvre les quatre pièces du bas ; mon-
tons. »

Ils montèrent silencieusement, tant Léopold et
sa sœur étaient saisis, chacun à sa façon. Le
garçon voulait aller au fond des choses, tout
voir et tout comprendre ; la petite fille n'en
demandait pas si long ; cette demeure mysté-
rieuse, tout en la charmant mille fois plus que
le château de M. de Langrune, lui paraissait
hantée par de bons esprits, qui cherchaient à
faire du bien ; mais du bien à qui ? Mystère.

Alfred trouva le grenier ouvert. Il y avait là
quatre cents bottes de foin.

« Alfred, d'où peut venir ce foin ? Le sais-tu ? demanda Marie, d'un air ingénu.

— Ce que je sais, c'est que, en comptant les bottes, ce qui est facile, je vois que c'est précisément la moyenne du rendement du pré attenant à la Maison blanche.

— Que c'est singulier !

— Et puis, voilà de la paille, un peu de son, un peu d'avoine. C'est un assortiment complet ! A présent, allons au bûcher, à droite, dans la petite cour ; je vais ouvrir.

— Du bois, des fagots, des bourrées !

— Il faut convenir, mes amis, que si c'est une fée qui gouverne ce petit domaine, elle sait tout prévoir.

— Oh, oui ! s'écria Ernestine, sans trop savoir ce qu'elle disait, si c'est une fée, elle est bien bonne !

— Je crois cependant, Ernestine, qu'elle a oublié le vin.

— Mais non, mon frère, cherche bien ; tu dois avoir la clef du cellier.

— Tu as raison. Je vais ouvrir.... Ici, mes amis, on ne voit pas trop clair. Il n'y a qu'une étroite ouverture, fermée par un volet ; c'est dans l'intérêt du vin, s'il y en a.... Oui, voilà une barrique, qui n'attend que les amateurs.

— Vrai, dit Léopold, c'est une attrape. Il n'est pas possible que cette maison ne soit pas habitée.

— Je vous assure que papa ne l'a ni louée, ni vendue.

— Ni louée, ni vendue, répéta Marie, dont la mine, de plus en plus guillerette, dissipa absolument les craintes d'Ernestine. Mais tu ne nous a montré ni le poulailler, ni l'étable. Allons donc de ce côté.

— Volontiers. Le poulailler est dans cette arrière-cour, de quatre mètres carrés, formée par l'angle du mur et un treillage tapissé de vigne. On dit que le raisin est excellent.

— Comment le sait-on? demanda Ernestine.

— Prends donc garde, dit tout bas Marie à Alfred, qui répliqua hardiment :

— Papa l'a dit; comment a-t-il pu le savoir? C'est toujours la suite du mystère. Mes amis, voici le poulailler, dans lequel sont construites deux cabanes à lapins.

— Mais rien n'y manque! s'écria Ernestine. Ah! la belle poule noire avec ses petits! un, deux, trois, quatre....

— Il y en a onze en tout, dit Léopold, qui trouvait que sa sœur comptait trop lentement.

— Qu'ils sont gentils!.... quel dommage de n'avoir rien à leur donner!

— Je vais chercher un petit morceau de pain, et vous leur donnerez la mie.

— Oh! non, M. Alfred, ne faites pas cela! Comment oseriez-vous toucher à ce pain, venu on ne sait d'où?

— Bah! Il est probable qu'il vient de chez le boulanger de Valfleur, dit Alfred, sans pouvoir s'empêcher de rire.

— Oh oui! car il est frais, ajouta Marie. Va donc, Alfred, n'aie pas peur. »

Alfred sortit du poulailler, et rentra dans la maison pour y chercher un peu de pain. Pendant son absence, Léopold dit carrément à Marie :

« Mlle Marie, vous en savez plus long que vous ne voulez le paraître. Voyons! Dites-nous ce qui se passe ici. »

Marie jeta un franc éclat de rire, et fut au moment de dire : « Cette maison est à vous, et notre bonne Françoise, cachée en ce moment dans le grenier, derrière les bottes de foin, a fait les lits, mis le couvert, fait rôtir au four le poulet, etc., etc. » Elle ouvrait la bouche pour en finir; mais ce terrible La Fontaine lui apparut encore, et Alfred revenant, d'ailleurs, elle resta dans les bornes de la discrétion, et ce fut vraiment tout à fait merveilleux.

Ernestine prit des mains d'Alfred la mie de pain, la jeta en miettes aux onze poussins, qui se montrèrent au moins aussi avides que reconnaissants; mais tout aussitôt, deux belles poules grises sortirent d'un petit coin, dans lequel, par timidité sans doute, elles s'étaient cachées derrière une botte de paille. Alors, la maman poule intervint, et se fâcha, prétendant que ses chers petits enfants devaient tout avoir. La querelle paraissait sérieuse; mais dans ce séjour enchanteur on voulait la paix; c'est pourquoi Marie s'élança dans la maison, à la recherche d'un autre morceau de pain, et l'on put satisfaire tout le monde.

« Oh! voyez donc, à travers ce grillage, ces petits lapins? Je n'en ai jamais vu de si jeunes! Que c'est joli! Combien y en a-t-il? Un, deux....

— Ernestine, il y en a huit.

— Comment le savez-vous, M. Alfred?

— Fais donc attention, Alfred, tu parles sans savoir.

— Si j'ai avancé ce qui n'est pas, qu'on me le prouve ! »

On compta; il y en avait bien huit. Ernestine regarda Alfred avec un sentiment d'admiration.

« Ne pourrais-je, demanda-t-elle, leur donner un peu d'herbe?

— Parfaitement; venez avec moi, dit Marie, il y a dans le pré des herbes que les lapins aiment beaucoup. Tenez, cueillons cette pimprenelle sauvage. »

On cueillit une belle touffe de pimprenelle sauvage, et Ernestine fut transportée de plaisir en voyant toute la famille partager ce petit goûter, chacun commençant, par la tige, un brin de pimprenelle, et le savourant, d'un air charmé, jusqu'à ce que la dernière feuille ait disparu.

« C'est délicieux! Oh! la jolie campagne! Que je me plairais donc là !

— Tu ne te gênes pas, Titine; et moi aussi, je m'y plairais. Je travaillerais dans les fermes où je gagnerais bien ma vie, et tous les ans j'aiderais papa à faucher le pré. Que ce serait amusant ! Au lieu de devenir serrurier ou autre chose; ou de vendre derrière un comptoir!

Ernestine jeta la mie de pain aux onze poussins.

— Et moi, je fanerais, je ratisserais, je soigne-
rais les bêtes, et je ne tousserais plus ! »

Alfred et Marie se regardèrent ; leurs cœurs
surabondaient de bonheur ; et tous deux disaient bien certainement, au fond de l'âme :
Qu'on est donc heureux d'avoir de la fortune !

« Ah ça, mes amis, dit joyeusement Alfred
je crois que nous avons tout vu.

— Non, tu n'as pas ouvert l'étable.

— Tiens, c'est vrai ! Si nous allions y trouver
une vache ? »

Il ouvrit l'étable. Une bonne grosse vache,
couchée sur une riche litière, détourna lentement la tête, et regarda les bons enfants de
son œil doux et placide.

A ce moment, la surprise allant toujours crois-
sant, Léopold et sa sœur ne trouvèrent plus
d'exclamations pour l'exprimer. Depuis déjà
longtemps, on avait supprimé les oh ! et
les ah ! comme insuffisants. On devint silencieux, devant cette dernière apparition mysté-
rieuse.

Tout à coup, Léopold frappa du pied et se
fâcha contre lui-même de ne pouvoir deviner
la cause de cette vie répandue dans toutes les
parties de ce petit désert. Tous ces animaux

buvaient, mangeaient, et personne! personne! personne!

Alfred et Marie ne répondaient pas. On repassa par le poulailler, et Titine, qui n'avait plus peur du tout tant Marie était rassurante, s'avisa d'aller voir s'il n'y avait pas par hasard quelques œufs à dénicher? Elle en trouva deux. Alors elle battit des mains!

« Que c'est amusant! Voyez donc, mademoiselle Marie!

— Prenez-les, Titine, nous les porterons dans la cuisine. Les esprits ou les fées seront peut-être bien aises de manger des œufs à la coque.

— Les esprits ou les fées? Ah! mademoiselle Marie, vous voulez rire! »

Elle prit les œufs, sans la moindre façon, et traversa la cour.

« M. Alfred, qu'est-ce donc que ce petit bâtiment, si peu élevé, tout près de l'étable?

— C'est la laiterie; j'allais l'oublier. Cherchons la clef... Tiens! la porte est ouverte. Qu'allons-nous trouver là-dedans? Peut-être encore quelques surprises? Voyez donc, Léopold!

— C'est trop fort! dit le garçon, on vient de traire la vache; le lait est encore chaud! Et voici du beurre frais!

— C'est inouï! répondit Alfred; ce qui m'étonne le plus, c'est que papa avait toutes ces clefs-là dans sa poche, excepté celle de la première pièce où le couvert était mis et celle du grenier, mais le grenier était ouvert. Enfin, que voulez-vous? Quand nous nous casserions la tête contre les murs, cela ne nous avancerait guère. Mes amis, faites comme moi, ne vous la cassez pas et venez voir le petit jardin et le pré. »

Dans quelques ares de terre bien fumée, on avait fait venir les légumes de la saison, et tous ces herbages, de peu de valeur, que les ménagères aiment tant à trouver sous la main. Quelques arbres fruitiers, en plein vent, se remarquaient aussi, entre autres un joli prunier et deux poiriers en quenouille.

On fit les cent pas dans le pré en aspirant à la fois le grand air des prairies et les senteurs des bois, si saines et si parfumées. Ernestine respirait à pleins poumons.

« Je ne me suis jamais si bien portée qu'aujourd'hui, disait-elle. Seulement, dans ce moment-ci, je voudrais bien m'asseoir un peu; car il y a longtemps que nous sommes debout!

— C'est toujours fatigué, les filles! dit le gros Popol, que rien ne lassait.

— Écoute donc, moi, je ne suis pas un garçon.

— Rentrons dans la maison, dit le petit majordome; assoyons-nous cinq minutes et allons retrouver nos parents, car hélas! l'heure s'avance!

— Quel dommage! »

Ils rentrèrent dans la grande salle et s'assirent tous les quatre. Comme on ne voit jamais tout du premier coup d'œil, ils remarquèrent seulement alors que le buffet était plein de vaisselle, et qu'il y avait une batterie de cuisine bien plus complète que celle de Mme Berthuis à Paris.

« Que maman serait contente, dit naïvement Ernestine, si elle avait un aussi beau ménage! Et tant de linge!

— Pourquoi ne dis-tu pas : Et une maison comme celle-ci, et un pré, et une vache, et l'air, et la santé pour toi, pour papa qui est fatigué?

— Eh bien, voyons! dit Alfred, puisque vous êtes dans l'inconnu, il faut que je vous raconte un conte de fées, pendant que Titine se repose.

— Oh oui, M. Alfred, c'est si amusant! On a beau savoir que ce n'est pas vrai, ça amuse tout de même.

— Je parie, dit malignement Marie, que, inspiré par tout ce que nous venons de voir, tu vas nous raconter la Belle au bois dormant; mais vraiment, on la sait par cœur!

— Non, mademoiselle ma sœur, c'est un conte tout nouveau, que je vais inventer à mesure.

— Quel talent, monsieur mon frère!

— Cela s'appellerait : la Maison blanche.

« Il était une fois une maison blanche, blanche, blanche comme la neige, au milieu d'une belle campagne verte, verte, verte comme une émeraude.

— Que cela commence bien! dit Ernestine. Monsieur Alfred, y aura-t-il une fée?

— Certainement, il ne m'en coûte pas plus.

« Cette maison était invisiblement habitée par des génies très bons, qui répandaient partout la vie et le bonheur.

« Or, il arriva qu'un jour, une famille, venue de loin, se hasarda dans ces plaines et eut l'imprudence de pénétrer dans la demeure toujours fermée. La fée que servaient les génies s'en irrita et condamna cette famille imprudente à être pour toujours errante dans ces campagnes, ayant pour abri la maison blanche,

pour patrimoine cette solitude, y compris les
dépendances et l'enclos, pour trésor le repos,
la santé, l'espérance.

« Mais les prisonniers regrettaient le lieu où
ils avaient vécu et ils se trouvaient malheureux
de leur captivité. Ils pleuraient le pays qui les
avait vus naître, les amis qu'ils y avaient
laissés, et la fée se trouvait quelquefois bar-
bare en songeant qu'elle les avait privés de tout
ce qu'il y avait eu de bon jusque-là dans leur
existence.

« Un jour, elle voulut assembler un conseil de
génies, afin de décider si le sort de ces étrangers
n'était pas trop cruel, et s'il ne convenait pas à
l'esprit de justice et de grandeur, dont sont
douées les fées, de les délivrer de leurs chaînes,
et de les remettre dans leur premier état.

« Les génies étaient fort embarrassés pour
juger ces questions; ils dirent à la fée qu'ils la
priaient de vouloir bien admettre au conseil
deux mortels, qui fussent frère et sœur, et plus
à même, par leur condition terrestre, d'apprécier
ce que le sort des captifs pouvait avoir de trop
dur.

« Voilà que les deux mortels furent, à leur
tour, fort embarrassés!...

— Ah! que c'est drôle, dit gaiement Ernestine, j'aurais bien su répondre, moi!

— Et moi aussi, je te l'assure, Titine!

— Vous croyez cela? reprit le conteur, et moi, je suis certain que vous auriez hésité.

— Pas le moins du monde!

— Détrompez-vous. Vous auriez dit : Il y a du pour et du contre. S'il s'était agi de vous, par exemple, il n'est pas défendu de plaisanter, n'est-ce pas? Eh bien, vous auriez regretté les beautés de Paris.

— Nous n'en jouissons guère, je vous l'affirme.

— La bonne Virginie, le père Navaux.

— Oh oui, c'est vrai; ce sont de bons amis!

— A propos, pardon de t'interrompre, mon frère; mais je voulais dire, à Léopold et à Titine, que maman donnera de l'ouvrage à Virginie tout l'hiver, et qu'elle se chargera de la moitié de son loyer.

— Oh! que votre mère est bonne! Il n'y a pas de fée qui soit compatissante comme elle!

— Puis on confiera à votre ami, le bon père Navaux, toutes les réparations de chaussure pour toute la maison.

— Oh! qu'il sera content! Encore plus qu'à l'ordinaire, car il l'est toujours.

— Eh bien, reprit Alfred, figurez-vous que vous êtes tous deux admis au conseil des génies? que décideriez-vous, à supposer que le passé de la famille en question fût analogue à votre situation actuelle? Répondez, Léopold.

— Je déciderais que les captifs seraient trop heureux d'obéir à une fée assez puissante pour les faire jouir de tant de biens, et assez bonne pour leur donner la paix, la santé.

— Et les amis?

— Oh! les amis viendraient nous voir, dit Ernestine. N'étant plus si pauvres, ils pourraient se permettre de temps en temps le voyage.

— Oui, ils viendraient d'abord pendre la crémaillère, n'est-ce pas, petite sœur? Ensuite, on les inviterait à passer une bonne journée à la Maison blanche, deux ou trois fois dans la belle saison. Et puis, nous, nous ferions, de loin en loin, le voyage de Paris; cela deviendrait un grand plaisir! Ah! messieurs les génies! Comme j'aurais su répondre! Je n'aurais trouvé que des *pour*, et pas un *contre!*

— Mais enfin, M. Alfred, je vous en prie, achevez le conte que vous avez commencé, et dites-nous comment la fée s'en est tirée?

— La fée? Voilà ce qu'elle a fait...

— Mais quelle est donc cette cloche, qui sonne dans le lointain? Écoute Marie!

— Oh! Alfred! Qu'avons-nous fait? Nous avons dépassé le temps que papa nous avait donné pour visiter la Maison blanche! Retournons vite au bois où sont nos parents, ils nous ont dit que nous les retrouverions à l'endroit même où nous avons goûté.

— Nous n'allons donc pas retourner chez vous, mademoiselle Marie?

— Oh non, Léopold! vous manqueriez le chemin de fer, il n'y a plus de train avant dix heures.

— Plus de train avant dix heures?

— Il y en a; mais ils ne s'arrêtent pas à Valfleur. Dépêchons-nous! Il est déjà tard, bien tard! »

En une minute, les quatre enfants quittèrent la Maison blanche, et marchèrent vers le bois, en hâtant le pas, les garçons devançant les petites filles.

Ernestine disait à Marie :

« Mais voyez donc comme le temps passe. Il y a deux choses que je regrette beaucoup.

— Qu'est-ce donc, ma bonne Titine?

— C'est de ne pas savoir la fin du conte; cela

m'aurait amusée. Et puis, l'autre chose, je la
regrette bien plus encore! C'est le bouquet de
fleurs des champs que j'avais promis de rapporter au père Navaux, et que j'ai laissé dans
votre vestibule.

— Que voulez-vous, ma pauvre Titine? vous
lui en cueillerez un une autre fois.

— Une autre fois? Mais je ne reverrai plus les
champs d'ici à l'année prochaine. Peut-être,
après ma première communion, papa nous
fera-t-il faire une belle partie, comme après
celle de mon frère. Il a le temps d'attendre son
bouquet, le pauvre voisin!

— On ne sait pas, Titine; il y a des choses si
étonnantes en ce monde! »

Marie était à bout de courage; ce secret, depuis
si longtemps gardé, lui pesait comme une livre
de plomb. Enfin, on touchait au moment de s'en
débarrasser.

Elles doublèrent le pas, car leurs frères
allaient entrer dans le bois; mais les parents
qui, pressés par l'heure, commençaient à s'inquiéter, étaient venus au-devant des enfants, et
l'on se rencontra entre deux beaux ormes, qui
formaient un dôme de feuillage.

Lorsque les petites filles rejoignirent à leur

tour la société, M. et Mme Berthuis avaient déjà
entendu raconter, avec une volubilité surpre-
nante, les merveilles de la Maison blanche. Léopold ne tarissait pas, et M. et Mme de Langrune,
au lieu de donner une explication satisfaisante, se
contentaient de sourire, en regardant leur fils,
dont les yeux brillaient, dont le front rayonnait.

Ernestine, comme si son frère n'eût rien dit,
recommença le récit, et parla, avec un enthou-
siasme sans pareil, du bouillon qui se faisait
tout seul, du poulet qui rôtissait de lui-même,
du feu ne s'éteignant jamais, des animaux vivant
sans que personne en prît soin.... Il y en avait
si long que, tout en pressant le pas, le brave
Berthuis riait de tout son cœur.

« Mais, mes enfants, vous me faites un conte
à dormir debout! Comment voulez-vous que je
croie à de pareilles impossibilités? »

Puis il se retournait vers M. de Langrune,
comme pour lui demander le mot de l'énigme.
Celui-ci, ne paraissait pas faire grande attention
à l'amusant bavardage de Léopold et de Titine.
Quant à Mme de Langrune, elle exprimait sans
cesse la crainte de voir ses hôtes manquer le
train, ce qui désolait Mme Berthuis.

« Arriver à onze heures du soir, disait la mère

de famille, dans ce grand Paris, c'est bien contraire à nos habitudes ; et puis, Titine n'a jamais veillé ; j'aurais peur que la matinée de demain ne fût encore plus pénible que les autres. »

On marchait vite, vite, pour arriver à temps ; mais la hardiesse du pas n'empêchait ni Léopold, ni Ernestine, de parler encore et toujours des charmants mystères de la Maison blanche.

La petite fille s'écriait de temps en temps :

« Ah ! comme je regrette mon beau bouquet de fleurs des champs !

— Vraiment, dit Mme de Langrune, il vous tenait donc bien au cœur, ce bouquet ?

— Oh oui ! madame. Il était pour le père Navaux, qui me l'avait demandé comme un souvenir de cette belle journée. Et moi, j'aurai l'air de l'avoir moins aimé, parce que je m'amusais et il aura du chagrin !

Le cœur si tendre de la chère petite était vraiment tout triste ; cependant, son imagination féminine était tellement saisie du merveilleux qu'elle croyait avoir vu qu'elle y revenait à tout instant.

« Maman, il y a de tout dans la Maison blanche ! jusqu'à du beurre, qui s'est fait tout seul ! Maman, entendez-vous ? tout seul !

— Ma fille, j'entends bien ; mais je t'avoue que je ne le crois pas, ni madame non plus. »

Elle questionnait du regard Mme de Langrune qui répondit uniquement :

« Hâtons-nous, ma bonne madame Berthuis, vous allez manquer le train ! »

Et vite, vite, on allait, on trottait, Léopold riait de l'aventure, et semblait moins inquiet que sa mère.

On ne parlait plus, de peur de s'attarder. Tout à coup, M. de Langrune, sa femme, Alfred et Marie poussèrent un cri de surprise.

M. de Langrune étendit le bras, et montra une colonne de fumée blanche qui sillonnait l'air.

« Voyez ! Hélas ! Inutile de vous presser ; mes pauvres amis, vous avez manqué le train ! »

Il y eut quatre explosions de ah !!!.. Chacun inspiré par la même idée, mais avec des nuances. Mme Berthuis y mit une inflexion de voix inquiète ; son mari parut un peu contrarié, en pensant à l'embarras qu'ils allaient causer ; Ernestine exprima la surprise, peut-être mêlée de l'espérance de rentrer en possession de son bouquet. Quant à Léopold, son ah ! fut tout bonnement un ah ! enchanté ; c'était une aventure de plus !

Alfred n'y tenait plus, et devant l'exclamation subite, il partit d'un grand éclat de rire. Alors, Léopold se tourna vers lui, et d'un air très convaincu :

« M. Alfred, vous avez fait exprès de nous mettre en retard.

— Moi? exprès? »

Marie se rapprocha d'Ernestine, et dit tout bas :

« Quand ce serait? Est-ce que vous ne lui pardonneriez pas?

— Oh si! bien facilement! »

Cependant, un nuage de tristesse s'était répandu sur le visage de la mère d'Ernestine; elle craignait pour sa chère enfant; l'air du soir lui était si mauvais!

M. de Langrune prit alors la parole :

« Croyez-moi, madame Berthuis, abandonnez Paris qui vous fatigue tous, en ne vous permettant qu'une vie étroite, où tout est mesuré, même l'air et la lumière.

— Abandonner Paris? Eh! monsieur, où donc irions-nous?

— Mes bons amis, nous allons vous accompagner à la Maison blanche, votre dîner vous attend, vos couverts sont mis, vos lits sont préparés.

— Et demain matin, ajouta Mme de Langrune, votre vache vous donnera du lait, et vous la ferez paître dans votre pré. »

On ne peut se figurer l'étonnement des braves gens, en entendant ces paroles. C'était à n'y pas croire.

« Comment? monsieur? madame? je n'ai pas bien compris.

— Madame Berthuis, cria Alfred, allez donc tout simplement dîner chez vous! Le poulet doit être à point.

— Et j'espère que le bouillon sera bon, dit Marie, ajoutant avec enfantillage : Ah! Titine, me voilà enfin au bout de mes peines; c'était un secret, et je mourais d'envie de vous le dire! »

Berthuis comprit enfin toute la délicatesse que cachait cette espèce de plaisanterie, faite à ses enfants.

« Monsieur et madame, dit-il avec un peu de timidité, je ne sais pas exprimer ce que je pense; mais vraiment, c'est par trop de bonté !

— Mon brave Berthuis, je suis content de vous faire plaisir, et je suis sûr que la vie de la campagne vous vaudra mieux que celle de Paris, telle que vous la meniez. »

Tout en parlant, on avait fait volte-face, et l'on regagnait, à pas lents, la Maison blanche.

Les quatre enfants étaient fous de joie! Alors, mille choses s'expliquèrent, et l'on vit bien que Mme de Langrune était la bonne fée qui, d'un coup de sa baguette, se plaisait à rendre les autres heureux.

« Mais enfin, demanda gaiement Titine, où sont ces génies au service de la fée, et qui savent mettre un pot-au-feu, assaisonner une salade, traire une vache?

— Vous allez le savoir.

— Mystère jusqu'au bout! »

Les deux pères de famille allaient en avant et causaient de l'avenir.

« Mon cher Berthuis, votre fils paraît avoir du goût pour la campagne; il est robuste et décidé, je vois en lui un bon garde! Laissons couler quelques années, pendant lesquelles vous le ferez travailler chez nos grands fermiers, pour qu'il se forme à la vie rude des champs; et un peu plus tard, j'en fais mon affaire. »

Les deux mères suivaient; l'une disait à l'autre :

— Ah! madame, vous nous comblez! Ma pauvre Adèle! Si elle était là! Mais, du moins, je vous devrai de conserver ma petite Ernestine. »

On arriva à la maison enchantée. La première personne qu'on aperçut, ce fut Françoise, gaie, riante, sautant au cou de Mme Berthuis et lui disant :

« Vous êtes chez vous !

— Ah ! madame Françoise, c'est donc vous qui étiez là et qui avez tout préparé ?

— Mais oui, mon cher enfant, c'est moi. J'étais cachée dans le grenier, derrière des bottes de foin ; j'entendais tout ce que vous disiez et j'en riais toute seule !

— Elle est le bon génie de la bonne fée, dit tout bas Ernestine à l'oreille de Marie, et la bonne fée, c'est votre maman ! »

Marie répéta tout haut les paroles de la timide enfant, et Mme de Langrune l'embrassa d'une façon si aimable que sa mère en fut bien heureuse.

« Allons, dit Mme de Langrune, nous vous laissons dîner tranquillement chez vous. Pour ce soir, vous inviterez Françoise, et elle vous montrera tous les petits recoins de votre propriété. Demain, nous nous reverrons et nous causerons ensemble. D'ici là, bon appétit et bon sommeil !

— Madame, si quelque chose pouvait nous causer trop d'émotion pour avoir bon appétit et bon sommeil, ce serait le bonheur et la reconnaissance!

— Ma bonne madame Berthuis, je veux que vous vous reposiez dans votre maison, que vous vous sentiez tranquille sur le sort de tous les vôtres.

— Eh! madame, de quoi donc pourrais-je me tourmenter? Un toit assuré pour toujours, et quel toit! Un travail modéré pour mon mari, un avenir pour mon garçon, la santé pour ma fille, et un héritage à leur laisser!

— Vous êtes contente, je le vois, pauvre mère! Et vous, Ernestine, vous savez qu'il ne faut plus tousser?

— Madame, répondit la douce enfant, je vous promets que je ne tousserai plus. »

Ils étaient tous si heureux qu'Alfred et Marie étaient transportés de plaisir. Le brave Berthuis semblait stupéfait.

« Mais vraiment, monsieur et madame, nous n'avons rien fait pour mériter une récompense qui durera jusqu'à la fin de notre vie, et nous survivra même dans nos enfants.

— Je pense comme mon mari : qu'avons-nous fait? Rien, absolument rien!

— Vous avez raison, dit M. de Langrune, l'hos-

pitalité offerte par le cœur ne se paye pas; mais
elle se rend à l'occasion. Nous avons accepté la
vôtre, au jour du danger; acceptez la nôtre à
présent, et puissiez-vous en jouir en paix. »

TABLE DES MATIÈRES

9073. — IMPRIMERIE A. LAHURE
rue de Fleurus, 9, à Paris.

9472. — Imprimerie A. Lahure, rue de Fleurus, 9, à Paris.

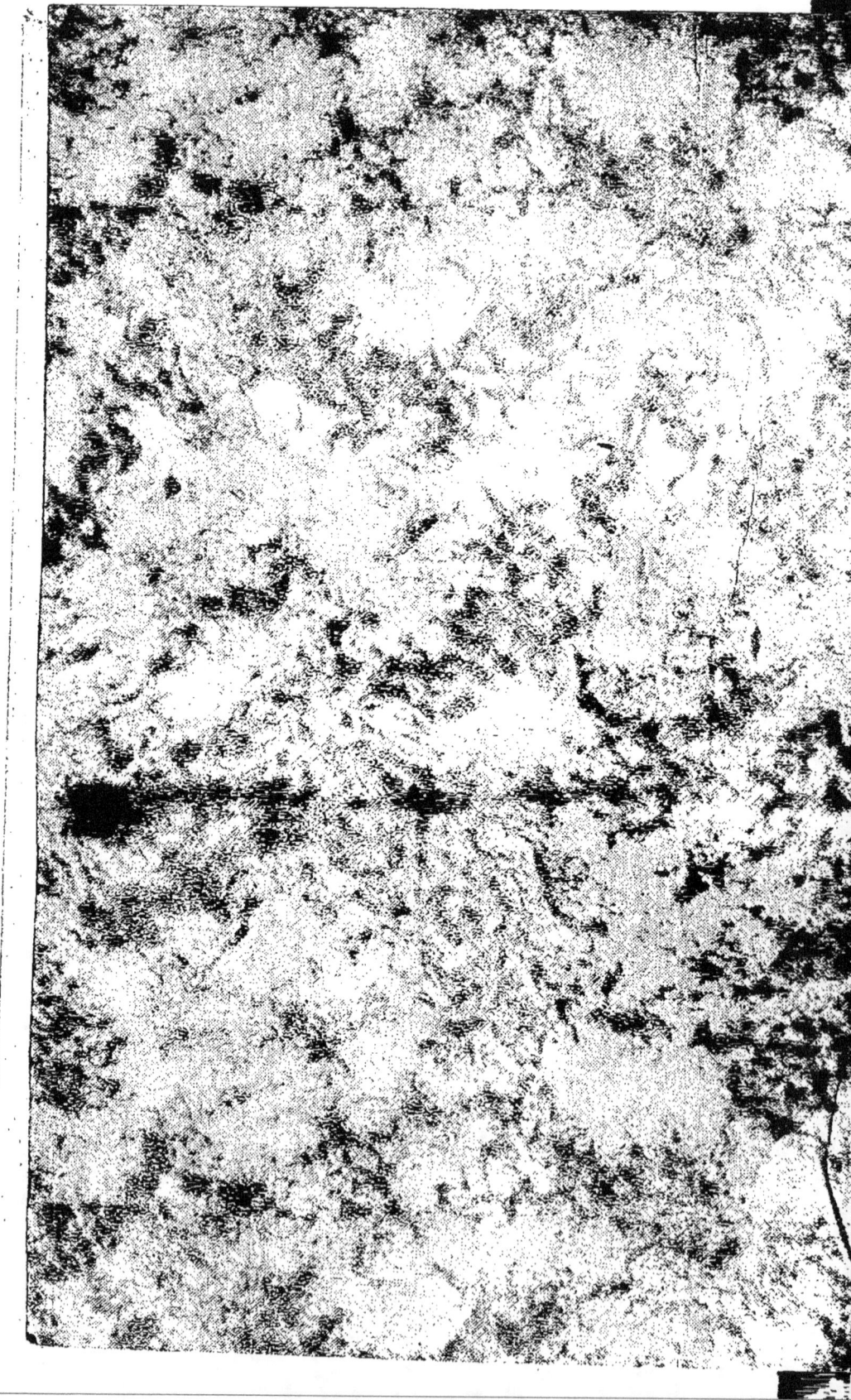

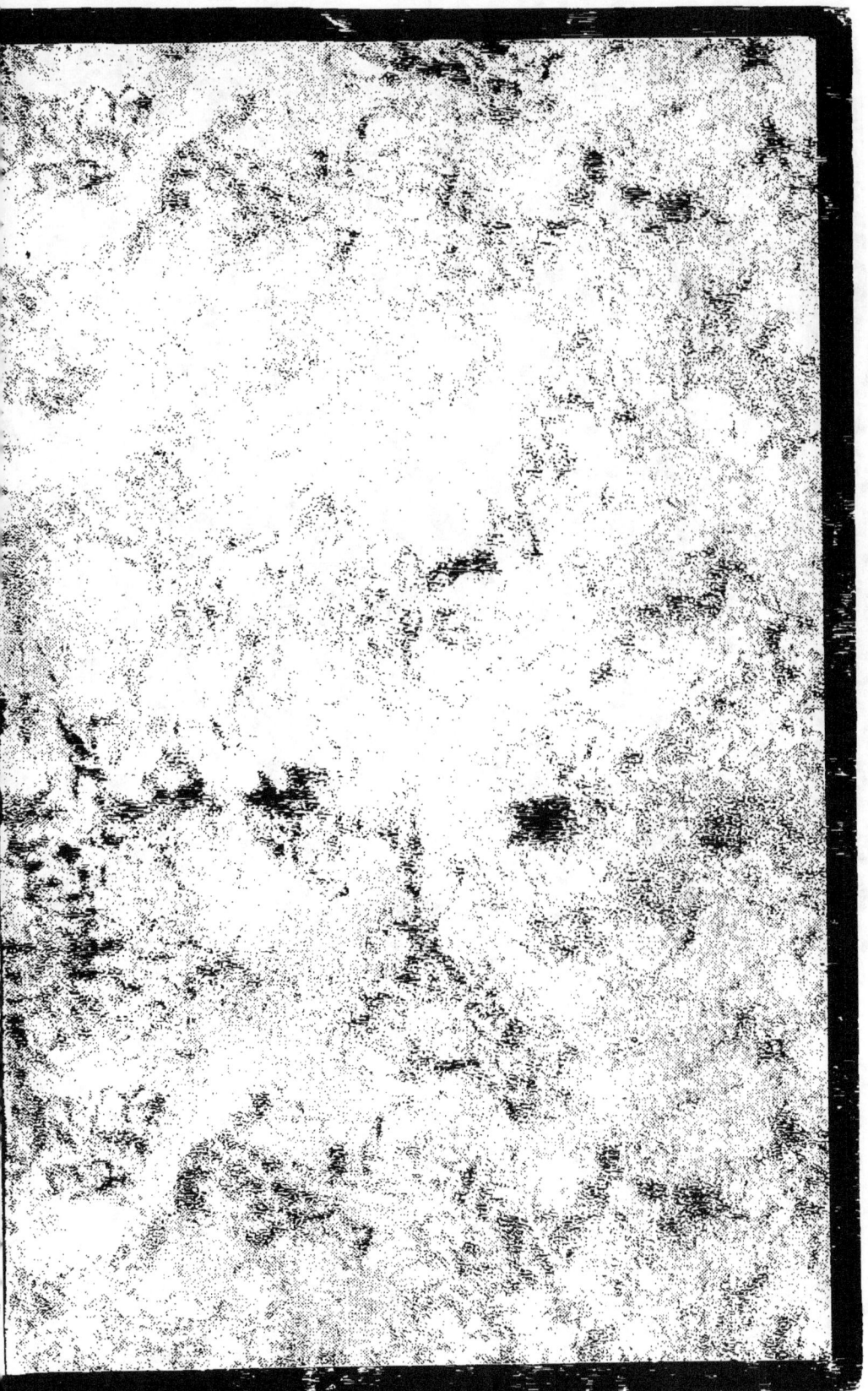